Die Sehnsucht in mir, etwas Großes zu schaffen

Du kamst nicht leise, du ließest dich nicht fragen.
Du suchtest mich heim, du ließest mich nicht ruh'n.
Du flüstertest leise: „Du hast noch zu tun."

Ich spürte dich brennen – wie Feuer, wie Licht.
Du nahmst meine Zweifel, mein inneres Nichts.
Ich fand, was ich suchte – nicht Glanz, nicht Applaus,
sondern Kraft, Mut, Energie, ganz ohne Zaun und ohne Haus.

Täglich eilten meine Schritte zu dir,
sog ich mit Stirn, Hand und Lippen, meiner ganzen Gier
deinen rauen Körper ein, bis ich ihn spürte an mir.
Ich fand, was ich suchte: die Quelle der Energie,
den Mut, die Sehnsucht, den Willen, das Ziel in mir.

Du gabst mir Kraft – nicht geliehen, nicht klein.
Du ließest mich einfach: mein ‚Ich' selbst sein.
Blockaden verschwanden, die Angst wich der Glut.
In deiner Nähe wuchs langsam und sicher mein Mut.

Du warst nicht nur Baum, du warst Quelle, das Ziel.
Du gabst mir Kraft für ein großes Gefühl.
Aus dieser Kraft entstand einst ein Traum:
ein Weihnachtszauber – geboren unter diesem Baum.

Brigitte Weber

Inhalt

Brigitte Weber

Weihnachten

in der Stille des Tals

Die Hirten und die magische Höhle

Am Morgen des 23. Dezember brachen Max, Fritz und Bene gutgelaunt und voller Freude in Richtung Giebelhaus auf.

Ihr Ziel war die Wengenalpe, wo sie sich im Herbst beim Alpabtrieb mit den Hirten aus Oberstdorf und Fischen zu einem Fest der Hirten zu Weihnachten verabredet hatten.

Dicke Schneeflocken wirbelten vom Himmel, und an den Baumwipfeln konnte man die Vorboten eines heraufziehenden Schneesturms erkennen.

Max marschierte stramm voran. Bene, der Jüngste, stapfte mühevoll hinter seinen zwei Freunden her, und am liebsten wäre er wieder umgekehrt. Voller Wehmut dachte er an die warme Stube, in der seine Mutter gerade liebevoll den Baum schmückte und im Ofen das Feuer warm loderte. Wie konnte er sich an Weihnachten auf so einen Scheiß einlassen, ging es ihm durch den Kopf.

„Komm, Bene, trödle nicht so herum. Wir müssen nahe beieinanderbleiben", forderte Max ihn auf.

„Seht ihr nicht, es kommt gleich ein Schneesturm auf", protestierte Bene kleinlaut und zog sich dabei seinen Hut noch tiefer in sein rot angelaufenes Gesicht. Er nahm seinen ganzen Mut zusammen und sagte: „Lasst uns bitte umkehren."

„Niemals!", entgegnete Fritz mit Nachdruck. „Wir haben es den Oberstdorfern fest versprochen. Oder willst du den Kastn Bier zahlen, wenn wir nicht zur Feier erscheinen?"

„Ich nicht!", rief Max und klopfte Bene aufmunternd auf den Rücken. „Also, auf geht's! Zeig mal, was ein richtiger Hirte so drauf hat, und stell dich nicht so mädchenhaft an!"

Vom Giebelhaus aus schlugen sie den schmalen Pfad zur Wengenalpe ein. Zuerst zog sich der Weg durch den lichter werdenden Wald und dann steil hinauf über freie Hänge. Die Strecke war nicht leicht und die Füße wurden mit jedem Schritt schwerer. Der Pfad wurde immer unpassierbarer und der Sturm heftiger. Schnee türmte sich zu hohen Verwehungen auf und die Sicht wurde zunehmend schlechter.

Bene keuchte. „Wir brauchen eine Pause! Jetzt sind wir schon stundenlang unterwegs. Ich kann nicht mehr", stieß er mit unterdrückten Tränen hervor.

Max zog seinen Hut vom Kopf, wischte sich den kalten Schweiß aus dem Gesicht und suchte mit zusammengekniffenen Augen nach einem geschützten Ort für eine Pause.

„Hinter dem Stein scheint eine Höhle zu sein", rief Fritz aufgeregt und ging neugierig weiter.

„Bitte nicht. Lass uns hier ausruhn", klagte Bene.

„Jetzt sei nicht so ein Feigling", schnauzte Max ihn genervt an und folgte Fritz in den Vorsprung.

Je tiefer sie in das Erdloch eindrangen, desto wärmer wurde es. Hier fühlte es sich an, als würde die Welt draußen stillstehen. Bene nahm seinen ganzen Mut zusammen und folgte den beiden. Der Angstschweiß lief ihm trotz der Kälte den Rücken hinunter.

„Mach mal deine Stirnlampe an", flüsterte Max kaum hörbar. „Warum machst denn du deine nicht an?", entgegnete Fritz.

„Meine ist im Rucksack und ich möchte ihn jetzt nicht auspacken. Also mach endlich deine Lampe an, damit wir was sehen können."

„Hier ist ein unterirdischer Weg", entdeckte Fritz, nachdem er seine Lampe angeknipst hatte.

Max konnte seine Neugierde kaum noch zügeln. Wie gejagt drängte er sich an Fritz vorbei und ging mit schnellen Schritten in die Tiefe der Höhle.

„Muss das sein? Reiß dich mal ein bisschen zusammen", maßregelte Fritz seinen Freund.

„Maul halten und mitkommen!", sagte dieser mit solchem Nachdruck, dass Fritz und Bene sich fügten.

Je tiefer die drei in die Höhle drangen, umso mystischer wurde die Atmosphäre.

„Horcht mal!", flüsterte Max und blieb stehen. Sein Gesicht wurde kreidebleich, als vor ihm ein Licht aufflackerte und ein Hirsch mit einem mächtigen Geweih, das bis zur Decke reichte, plötzlich vor ihm stand.

Die Hirten brachten keinen Ton mehr heraus. Selbst dem vorlauten Max, blieb vor Schreck das Wort im Halse stecken.

Der Boden in der Höhle war mit schimmernd weißem Moos bedeckt. Neben dem Hirsch lag ein Reh mit seinem neugeborenen Kitz, das gerade

säugte. Die drei Jungen trauten ihren Augen nicht, als noch weitere Tiere wie aus dem Nichts auftauchten: ein weißer Fuchs mit leuchtend blauen Augen und wachem Blick. Ein scheuer Hase. Ein Dachs mit kräftigem Körperbau und schließlich eine große Schneeeule. Eine Eule, die die drei wie eine Wächterin aus großen, klugen Augen musterte. Einige der Tiere hielten Zweige und kleine Stämme in ihren Mäulern, die sie vorsichtig in die Mitte der Höhle ablegten.

„Was ist das denn?“, flüsterte Bene zitternd, der kaum noch atmen konnte.

Der Hirsch hob stolz seinen Kopf und sprach mit tiefer, ruhiger Stimme: „Willkommen.“

„Ich fass es nicht“, kam es aus Max Mund. „Ein Hirsch, der sprechen kann. Träume ich? Fritz, kneif mich mal.“

„So befremdlich die gesamte Situation für Menschen auch ist. Ihr habt euch an einen heiligen Ort verirrt. In dieser Höhle gedenken wir der Heiligen Nacht“, sprach der Hirsch mit ruhiger, tiefer Stimme.

Die drei standen wie angewurzelt da und starrten den Hirsch an.

Der Hirsch namens Rufus fuhr fort: „Ihr seid nicht zufällig hier. Wir haben euch erwartet. Ihr müsst uns helfen. Draußen in der Kälte kämpft ein kleines Lämmchen um sein Leben. Und ohne eure Hilfe wird es den Sturm nicht überstehen.“

Max zog misstrauisch Nase und Stirn in Falten und schielte, ohne seinen Kopf zu bewegen, zu seinen Freunden.

„Ihr seid doch Hirten und Hüter der Tiere, oder sehe ich das falsch?“, fragte Rufus mit kritischem Blick.

„Doch, das sind wir schon …“, gab ihm Fritz, der als Erster seine Stimme wiedergefunden hatte, zur Antwort.

„Und warum steht ihr hier dann noch wie ein Fragezeichen herum – und eilt nicht zur Hilfe?“, fragte Rufus.

Der Hirtenstolz überwog die Angst. Max nahm entschlossen seinen Rucksack vom Rücken, suchte nach seiner Stirnlampe und setzte sie sich auf.

„Kommt. Wir retten das Lamm. Wir sind Hirten und schaffen das“, ermutigte er seine Freunde.

Bene machte sich vor Angst fast in die Hosen, ließ sich aber nichts anmerken. Entschlossen gingen sie den unterirdischen Pfad zurück und machten sich auf die Suche nach dem Lamm.

Draußen war der Schneesturm inzwischen so stark, dass sie sich nur mühsam vorwärtsbewegen konnten. Der frisch gefallene Schnee ließ sie bis zu den Knien einsinken, und der eisige Wind schnitt scharf in ihre Gesichter. Ihre Augen tränten, ihre Hände waren nach kurzer Zeit vor Kälte steif, und die längst eingebrochene Dunkelheit machte es ihnen unmöglich, irgendetwas zu erkennen. Orientierungslos irrten sie durch die Dunkelheit und suchten verzweifelt nach dem Lamm, ohne auch nur zu wissen, wo sie überhaupt suchen sollten. Als sie schon fast aufgeben wollten, hörten sie ein schwaches Blöken.

„Da unten. Hinter dem Felsen“, rief Fritz und leuchtete mit seinem Licht in die Richtung, aus der das Geräusch kam. Fritz robbte sich durch den hohen Schnee zu dem klagenden Tier, das vollkommen eingeschneit und zitternd unter dem Felsvorsprung lag.

„Es muss abgerutscht sein und kommt ohne Hilfe nicht mehr nach oben“, rief Fritz seinen Freunden zu.

Ohne lange nachzudenken, kletterte er den Felsvorsprung hinunter, kniete vor dem jammernden Tier und wischte mit seiner tauben Hand den Schnee von seinem Fell. Ungeachtet der bitteren Kälte zog er seinen Umhang aus und wickelte das Lämmchen behutsam darin ein. Die Freude über den Fund ließ ihn die Kälte an seinem eigenen Körper vergessen.

„Kommt schon, wir müssen zurück!“, rief Bene verzweifelt zu ihm hinunter.

„Reich mir deine Hand“, sagte Max und bewegte sich vorsichtig zu Fritz vor. Spürbar erleichtert zog dieser seinen Freund samt dem zitternden Lamm den Hang hinauf.

„Das Lamm haben wir gerettet, aber wer rettet jetzt uns?“, klagte Bene wieder.

„Du hast recht. Der Weg zur Höhle ist wie ausgelöscht. Es ist kein Tritt, kein Schatten, nichts mehr zu erkennen“, gab Fritz nachdenklich zur Antwort.

Der Sturm tobte inzwischen so heftig, dass sie sich kaum noch auf den Beinen halten konnten. Sie sanken auf Hände und Knie und krochen wie blind umher.

„Wie sollen wir bei dem Unwetter die Höhle finden?“, schluchzte Bene mit weinerlicher Stimme. „Wir werden hier alle erfrieren.“

„In der Heiligen Nacht wird keiner erfrieren“, hörten sie wie aus dem Nichts Rufus' Stimme.

Bene ließ vor Freude seinen Tränen freien Lauf. Fritz drückte das Lamm noch enger an sich, und Max ließ sich seine Erleichterung nicht anmerken, als Rufus vor ihnen auftauchte.

Der Hirsch führte die drei mit dem geretteten Lamm sicher durch das Unwetter. Seine kräftigen Tritte ebneten den Hirten einen festen Weg, bis sie schließlich völlig erschöpft die Höhle erreichten.

Die Tiere begrüßten die fünf mit einem freudigen Jubel, und Rufus sprach: „Nun kann das Fest zur Heiligen Nacht beginnen. Unsere Familie hat wieder zusammengefunden, und alle befinden sich in Sicherheit."

Die Höhle wurde von einem Licht durchströmt, das von Wärme und Frieden getragen war, wie es die Hirten noch nie zuvor gespürt hatten. Der Fuchs zündete mit einem Funken einen kleinen Zweig an, und die restlichen Tiere begannen, die Geschichte von der Geburt des Jesuskindes zu erzählen.

Die Hirten lauschten gebannt den Stimmen der Tiere zu. Während die Geschichte von Hoffnung, Liebe und Vergebung erzählte, spürten die Freunde eine noch nie dagewesene Ruhe und Zufriedenheit. Ein Gefühl, das auch Bene jegliche Angst nahm und ihn mit Stolz erfüllte.

Erst am Morgen des 24. Dezember hatte sich der Sturm in den Bergen gelegt. Die Hirten wurden unruhig, denn sie hatten ihren Eltern versprochen, dass sie am nächsten Morgen wieder daheim sein würden.

Als ob Rufus ihre Gedanken lesen könnte, sagte er: „Habt Vertrauen. Der Himmel wird euch den Weg nach Hause zeigen."

Als die Hirten aus der Höhle traten, begrüßte sie eine stille Winterlandschaft. Ein schmaler Sonnenstrahl hing über dem Felsen und der Schnee glitzerte wie Tausende funkelnder Sterne – als hätte der Himmel seinen Segen heimlich auf die Erde gelegt.

Schweigsam und mit gleichmäßigen Schritten stapften die Freunde nebeneinanderher und waren mit ihren Gedanken so tief in die vergangene Nacht versunken, dass keiner mehr an das Hirtenfest und den verlorenen Kasten Bier dachte.

Als sie zu Hause angekommen waren, erzählten sie ihren Familien von der magischen Höhle, den sprechenden Tieren, dem geretteten Lamm und der besonderen Nacht, die sie dort erleben durften. Doch niemand wollte ihnen glauben.

„Tiere, die sprechen? Ein Hirsch, der euch den Weg zeigt? Das ist doch ein Märchen!“, sagten die Erwachsenen.

Doch die drei Hirten wussten, dass es kein Märchen war. Und jedes Jahr, wenn sie am Heiligabend die Sterne am Himmel sahen, erinnerten sie sich an diese eine magische Nacht, die sie in ihren Herzen trugen und die sie für immer miteinander verband.

Wenn der Nebel tanzt

Es war ein stiller Herbstmorgen. Der Nebel lag schwer im Tal und begann allmählich, den Wald zu erobern. Er schlich sich zwischen die Stämme, tastete sich über das Moos und kroch empor, Zweig um Zweig, so als wollte er den Bäumen zuflüstern:

Seid ihr bereit? Der Winter kommt bald!

Die Fichten und Kiefern standen stolz und wachsam in dem Mischwald und trotzten dem Nebel. Ihre dunklen Nadeln glänzten vom Tau in der Nacht wie Diamanten.

Oben, ganz oben, dort, wo die Zweige sich dem Himmel entgegenstreckten, begann der Nebel sein leises Tänzchen. Er legte sich wie ein silberner Schleier über die hohen Wipfel und tauchte mit seinen Spitzen in die herabhängenden Wolken ein.

Zwischen den Nadelbäumen leuchteten, vom Herbst gezeichnet, goldene Buchen mit glatten, silbernen Stämmen und der Ahorn glühte rot wie ein letzter Gruß des Sommers. Der Nebel glitt durch die Baumkronen, verhüllte Äste, verbarg die höchsten Kronen – und es schien, als würden die Wipfel in eine andere Welt eintauchen.

Sie träumten von Schnee. Sie träumten von der Stille.
Sie träumten von der großen Ruhe, die bald den ganzen Wald umhüllen würde.

In den Wipfeln lebte ein kleines Eichhörnchen namens Franz. Franz war flink und vor allem – neugierig. Manchmal blieb er stundenlang auf seinem Ast sitzen und schaute in die Bäume und auf die Waldwege hinab – als würde er auf etwas warten. Oder auf jemanden. Als wollte er Geschichten hören, die ihm nur die Stille erzählen konnte.

Sobald ein Sonnenstrahl durch die Zweige fiel, hüpfte er los. Franz hatte viel zu tun. Seit Tagen sammelte er für seinen Wintervorrat Nüsse, Zapfen und Eicheln. So, wie er es seit Jahren gewohnt war.

Doch dieses Jahr war alles ein wenig anders. Denn jedes Mal, wenn er für sein Nest etwas entdeckt hatte und es einsammeln wollte, schien ihm, als sei ihm jemand zuvorgekommen. Das ging schon seit Wochen so. Franz hatte das Gefühl, dass er in seinem Revier nicht mehr allein war.

Und tatsächlich! Wie aus dem Nichts hüpfte auf einer seiner letzten Erkundungstouren plötzlich ein Eichhörnchen-Mädchen durch seinen Wald.

Sie hieß Finni. Finni war kleiner und zarter als Franz. Sie hatte ein besonders weiches, rotgelbes Fell und leuchtende, wache Augen. Und jedes Mal, wenn sie freudig durch die Äste sprang, war es für Franz, als tanzte ein Sonnenstrahl durch die Bäume.

Er konnte nicht anders, als ihr heimlich auf Schritt und Sprung zu folgen. Und je mehr er ihr folgte, desto mehr gefiel ihm dieses fremde Mädchen.

Mit jedem weiteren Tag schlug sein Herz für das kleine Eichhörnchen-Mädchen schneller. So, dass er begann, ihr extra schöne Tannenzapfen und Nüsse auf dem Weg auszulegen.

Finni genoss sein Werben. Oft zwinkerte sie ihm kokett von Weitem zu und verschwand dann plötzlich für einige Zeit auf irgendeinem Baum.

Als der Nebel Tag für Tag mehr seinen Einzug hielt und die restlichen Waldbewohner sich emsig auf den Winter vorbereiteten, spürte Franz, dass es auch für ihn Zeit wurde, sich in seinen Kobel zurückzuziehen. Doch irgendwie wollte er das nicht. Er wollte in der Nähe von Finni bleiben. Sie beobachten, ihren Spuren folgen und sie in seiner Nähe haben.

„Ich bin noch gar nicht müde“, murmelte Franz etwas wehmütig und sprang eines Morgens wieder hinaus in die feuchte Herbstluft.

Finni saß auf einem hohen Ast und beobachtete ihn.
„Franz“, rief sie, „wir sollten uns schlafen legen! Wenn wir uns jetzt nicht in unser Quartier zurückziehen, dann sind wir im Frühjahr ganz schwach.“

Franz schüttelte traurig seinen Kopf und sagte mit belegter Stimme: „Ich will aber noch nicht schlafen. Ich will bei dir bleiben.“

Finni lächelte. Sie hüpfte zu ihm auf den Ast und berührte dabei seine Nase mit ihrer zarten, warmen Pfote.
„Wir werden voneinander träumen Franz“, munterte sie ihn auf. „Und im Frühjahr erzählen wir uns dann gegenseitig unsere schönen Traumgeschichten.“

Franz blieb einen Moment still. Er spürte, wie der Nebel um sie beide kreiste und langsam das letzte Herbstlicht verschluckte.

„Versprichst du mir, dass du auch wieder da sein wirst?“, fragte er schüchtern. „Ich verspreche es dir“, flüsterte Finni, „im Frühling, wenn die ersten Knospen aufbrechen, werde ich hier sein und auf dich warten. Franz machte einen tiefen, erleichterten Eichhörnchenseufzer, der fast wie ein Windhauch klang.

Finni kam einen Schritt näher. Franz berührte etwas tapsig mit seiner Pfote ihr Kinn und für einen winzigen Moment schmiegte sie sich ganz eng an seine Seite.

„Schlaf gut, Franz“, hauchte sie.
„Und du ... wach wieder auf“, antwortete er liebevoll.

Dann drehte er sich um, kletterte langsam in seinen kuschelig mit Moos, Laub und kleinen Federn ausgepolsterten Kobel, kringelte sich ein und schloss seine Augen. Und schon träumte er selig von seiner Finni.

Finni blieb noch einen Moment lang sitzen und blickte versonnen ins dichte Nebelweiß, ehe auch sie vorsichtig über zwei Äste zu ihrer alten Lärche sprang, wo sie tief in einem Astwinkel ihr Winternest zurechtgemacht hatte.

Draußen fielen die letzten Blätter von den Bäumen herab. Der Wald atmete noch einmal tief den späten Herbst ein, bevor auch er sich in seinen großen, glitzernden Winterschlaf einbettete.

Das kleine Wunder des Lächelns

Wer es erhält, wird reich beschenkt,
wer es verschenkt, hat Liebe geschenkt.
Wer sein Leuchten bewahrt, der steht im Licht,
und findet die Hoffnung, die niemals zerbricht.

Es wärmt so sanft wie eine Hand,
es klingt wie Musik aus fernem Land.
Es bringt Glanz in die dunkelste Zeit,
und schenkt uns ein Funkeln für die Ewigkeit.

Dem Müden schenkt es Mut,
dem Mutlosem tut es einfach nur gut.
Für den Traurigen bringt es Trost,
das ihn zärtlich liebkost.

Ein Lächeln zur rechten Zeit,
macht die Herzen weit.
Es öffnet Türen, die niemand mehr schließt
und schenkt uns das Leben, wie es wirklich ist.

Buddy, geh heim!

Das Läuten des Telefons riss Wolfram morgens um halb sechs aus dem Schlaf. Im Halbschlummer tastete er nach seiner Frau. Gott sei Dank – Ida lag ruhig da. Ihr gleichmäßiger Atem verriet ihm, dass sie trotz des Klingelns fest schlief.

Rasch setzte er sich auf, schlüpfte in seine Pantoffeln, warf sich den Bademantel über und eilte mit schnellen Schritten die Treppe hinunter zum Telefon.

„Wolfram Maurer“, brummelte er schlaftrunken in den Hörer. Der Klang einer schrillen Frauenstimme machte ihn in Sekundenschnelle hellwach.

„Erlösen Sie uns von diesem schrecklichen Köter!“

Wolfram wusste gar nicht, wie ihm geschah. Er wollte nach dem Namen der Anruferin fragen, kam aber nicht dazu, denn die Person am anderen Ende redete ohne Punkt und Komma.

„Sie müssen dieses unleidliche Tier nicht direkt bei uns am Haus abholen; es genügt, wenn Sie Ihren unerzogenen Vierbeiner um zehn Uhr am Bahnhof in Nürnberg an Gleis sechs entgegennehmen. Ich erwarte, dass Sie pünktlich sind!“

„Halt, mit wem spreche ich eigentlich?“, konnte Wolfram die Anruferin gerade noch in der Leitung halten. „Um welchen Hund handelt es sich? Sagen Sie mir bitte Ihren Namen!“

„Sie sprechen mit der Partnerin von Herrn Söllner aus Nürnberg. Die Ehefrau meines Freundes ist vor vier Wochen ausgezogen und hat uns dieses unangenehme schwarze Vieh zurückgelassen“, schallte es weiter in den Hörer. „Auch wenn mein Partner blind ist, diesen Köter braucht er nicht. Ich bin für ihn da! Und überhaupt – der Geruch des Hundes ist für mich unerträglich. Ganz zu schweigen von diesem Gestank und seinen Hinterlassenschaften in unserem Park. Das kann und will ich mir – und niemand anderem – zumuten!“

„Moment. Haben Sie das alles mit der zuständigen Krankenkasse abgeklärt?“, hakte Wolfram nach.

„Was interessiert mich die Krankenkasse? Der Hund muss weg. Für dieses Übel finden Sie mit Sicherheit noch einen anderen Blinden.“

„Knack“, machte es in der Leitung, und das Gespräch war beendet. Verblüfft über den Anruf ließ Wolfram sich, den Hörer noch in der Hand, auf den Stuhl neben dem Telefon sinken. So etwas hatte er während seiner dreißigjährigen Berufstätigkeit als Blindenhundetrainer bisher nicht erlebt.

Söllner, ging es ihm durch den Kopf. Herr Söllner war trotz seiner Blindheit eine interessante Persönlichkeit und hatte seine Wirkung auf Frauen auch durch den Unfall nicht verloren. Wie kam solch ein kluger, sympathischer Mensch zu einer derart hysterischen Frau?

Egal. Geht mich nichts an, dachte Wolfram. Ich muss mich jetzt um Buddy kümmern. Wie hatte sie den Hund genannt? Das schwarze Etwas. So etwas habe ich noch nie erlebt!

Er schüttelte den Kopf und verschwand im Bad unter der Dusche. Dieser Person traue ich alles zu, grübelte er weiter – auch, dass sie den Hund am Bahnhof einfach aussetzt, wenn ich nicht pünktlich zur Stelle bin.

Noch schlimmer war für Wolfram, dass Buddy, der schwarze Labrador-Rüde, schon wieder in eine neue Familie wechseln musste. Ein außergewöhnlich kluger, zuverlässiger Hund. Unterwürfig, intelligent, verantwortungsbewusst, treu und bildschön, erinnerte sich Wolfram an das Tier.

Er konnte sich noch lebhaft an das Drama erinnern, als Frau Harlander aus München den Hund nach dem Tod ihres blinden Mannes zurückgeben musste. Die Krankenkasse hatte damals darauf bestanden, dass Buddy einer anderen blinden Person übergeben wurde.

Wolfram, als sein Ausbilder und Vermittler, musste den Vorgaben des knorrigen Inspektors folgen. So wurde Buddy traurigerweise nach Nürnberg an Herrn Söllner übergeben. Und jetzt das ... nach knapp zwei Jahren!

Wolfram stieg aus der Dusche, trocknete sich flink ab und kleidete sich an. Jammerschade, dass er ausgerechnet heute, am Heiligen Abend, den guten Buddy wie einen Aussätzigen zurückholen musste.

Da die Wettervorhersage für den 24. Dezember Eisregen gemeldet hatte und Wolfram nicht weit vom Bahnhof in Ingolstadt entfernt wohnte, beschloss er, mit der Bahn nach Nürnberg zu fahren. Bevor er das Haus verließ, um sich warm eingepackt auf den Weg zu machen, hinterließ er Ida ein paar nette Zeilen und erklärte ihr in kurzen Worten, was geschehen war.

In der Stadt begann bereits das bunte Treiben vor dem Weihnachtsabend. Er hatte Glück: Am Bahnhof musste er nicht lange auf die Abfahrt des nächsten Zuges nach Nürnberg warten. Da es inzwischen nach acht Uhr war, hatten sich die Abteile bereits gut gefüllt.

Pünktlich um neun Uhr dreißig stieg Wolfram in Nürnberg aus dem Zug und machte sich auf den Weg zu Gleis sechs. Seine Augen suchten den Bahnsteig nach einer Frau ab, zu der die schrille Stimme passen könnte. Doch so weit sein Blick auch reichte – er konnte keine weibliche Person in Begleitung eines Hundes erkennen. Stattdessen entdeckte er am Ende des Gleises einen zusammengekauerten Labrador mit schwarzem, stumpfem Fell. Neben dem Hund stand ein Mann, der nicht so recht wusste, wie er sich verhalten sollte. Auch er schien Ausschau nach jemandem zu halten.

Je näher Wolfram den beiden kam, desto sicherer war er, dass es sich bei dem Tier um Buddy handelte. Zielstrebig ging er auf die zwei zu und fragte: „Entschuldigung, heißt Ihr Hund Buddy?"

Erleichtert sah ihn der Mann an und antwortete freundlich: „Ja! Das ist Buddy, der Hund von Herrn Söllner. Ich soll das Tier an Gleis sechs an einen Herrn Maurer übergeben. Sind Sie das?"

„Ja", antwortete Wolfram. „Grüß Gott und schöne Weihnachten! Ich nehme Ihnen den Hund jetzt ab."

„Vielen Dank! Ich bin der Chauffeur von Herrn Söllner und ich wünsche Buddy, dass er in eine Familie kommt, in der er es gut haben wird und für seine treuen Dienste belohnt wird. Er ist ein guter Hund", sagte der Chauffeur und streichelte Buddy dabei liebevoll hinter dem Ohr.

Als die beiden Männer sich freundlich voneinander verabschiedet hatten, nahm Wolfram den Hund an die Leine und ging mit ihm zu dem Gleis, an dem der Zug abfahren sollte. Ohne Widerstand folgte Buddy dem Trainer und sprang – automatisch und ohne Kommando – mit einer Selbstverständlichkeit in den Waggon.

Während der Fahrt war Wolfram so sehr in Gedanken darüber versunken, wie es mit Buddy weitergehen sollte, dass er den Ausstieg in Ingolstadt verpasste.

Der Zug setzte seine Fahrt bereits nach München fort, als er sein Versäumnis bemerkte. Was für ein Tag, dachte er, als er sich in Buddys flehenden Blick verfing und mitfühlend den Kopf schüttelte.

Am Hauptbahnhof in München angekommen, hatte er laut Fahrplan eine Stunde Aufenthalt, bevor der nächste Zug nach Ingolstadt zurückfuhr. Mit dem Hund an der Leine verließ er den Bahnhof und drängte sich durch das bunte Weihnachtstreiben der Stadt. Schwabing, kam es ihm plötzlich in den Kopf. Das ist die Lösung. Ich muss unbedingt nach Schwabing!

Dort wohnte die Witwe Harlander, der er vor zwei Jahren den Hund wegnehmen musste. Nie würde er den Abschied und die vielen Tränen von Frau Harlander vergessen, als er den Hund nach dem Tod ihres Mannes abholen musste.

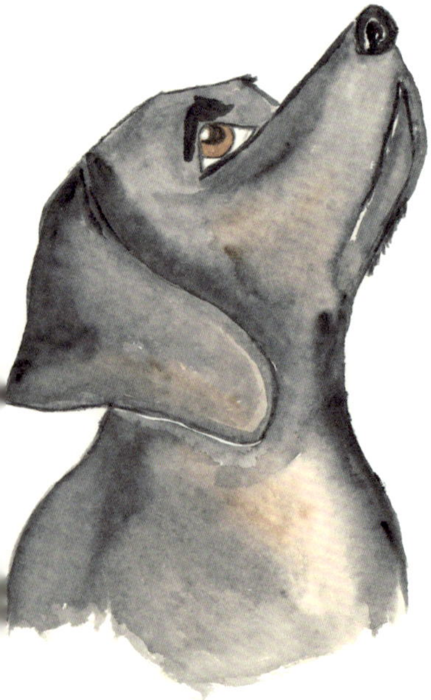

Vergeblich versuchte Wolfram, sich an den Straßennamen zu erinnern. Doch so sehr er sich auch bemühte, der Name der Straße in Schwabing wollte ihm nicht einfallen.

Vielleicht lebt sie gar nicht mehr in München, dachte er. Abrupt riss Buddy ihn aus seinen Gedanken und blieb am Gehsteig stehen. Als Wolfram das rote Männchen an der Ampel sah, lächelte er und sagte: „Du bist ein guter Hund. Auf dich kann man sich einfach verlassen."

Er wartete, bis die Ampel auf Grün schaltete, und überquerte dann mit Buddy die Straße. Dabei rutschte ihm fast automatisch das Kommando „Buddy, geh heim!" über die Lippen.

Stolz blickte der Labrador seinen Trainer an, zog wie ein Besessener an der Leine und rannte los. Er rannte und rannte.

Wolfram konnte dem Hund nur noch mit flottem Schritt folgen. So hetzten sie mindestens zwanzig Minuten durch die belebten Straßen.

Da traute Wolfram seinen Augen nicht. Die Straße kam ihm bekannt vor – nicht zu fassen! Dort stand das Haus der Harlanders.

Buddy war nicht mehr zu halten. Samt Leine riss er sich los und stürmte unaufhaltsam auf eine Frau zu. Sie ließ die Einkaufstüten fallen, als sie den Hund auf sich zukommen sah.

„Ach Gott, nein!", rief sie schon von Weitem, als sie das Tier erkannte. Sie sank auf die Knie und breitete die Arme aus – Buddy stürzte sich auf sie und hätte sie dabei fast zu Boden gerissen.

Vor Rührung konnte Wolfram die Feuchtigkeit in seinen Augen nicht verbergen, als er das Wiedersehen der beiden miterlebte. Es war ein Moment voller Freude, wie man ihn sich an Weihnachten nicht schöner vorstellen konnte.

Die Zeit schien stillzustehen, als hätte selbst die Stadt den Atem angehalten. Leise begann Schnee zu fallen – sanft, fast zärtlich. Buddy legte den Kopf auf Frau Harlanders Schoß. Sie weinte – nein, sie lachte und weinte zugleich, wie es nur Menschen können, die lange gewartet haben und dann doch noch ein Wunder erleben.

Wolfram trat langsam näher; vor Ergriffenheit brachte er kaum ein Wort über die Lippen. Die Frau hob den Kopf und sah ihn mit strahlenden Augen an.

„Sie haben ihn mir tatsächlich ... zurückgebracht?", flüsterte sie, tief bewegt.

Wolfram nickte stumm – seine Stimme hätte ohnehin versagt.

„Aber ich bin doch gar nicht blind", hauchte sie in Buddys Ohr. Der Hund legte den Kopf schräg und sah sie aufmerksam an, so, als hätte er jedes Wort verstanden.

Dann wandte sie sich an Herrn Maurer und sprach mit verklärter Stimme: „Manche Menschen sehen mit den Augen, andere mit dem Herzen. Sie, lieber Herr Maurer, gehören zu den Letzteren."

Es war keine Frage mehr – nicht für ihn, nicht für sie, nicht für Buddy. Der Hund würde hierbleiben. Für immer. In dieser Straße. In diesem Garten. Bei dieser Frau, die ihn nie vergessen hatte.

Leise wirbelten die ersten Schneeflocken über die Dächer und aus einer nahen Kirche erklangen Glockenschläge. Und während das lebhafte Treiben in der Stadt nachließ, dachte Wolfram nur eines:

„Vielleicht gibt es sie doch noch, diese kleinen Weihnachtswunder. Solche, die keiner plant. Die, die sich heimlich auf leisen Pfoten anschleichen und einem genau dann begegnen, wenn man sie am dringendsten braucht."

Wiehnächte

Es isch kurz voar Heileg Obed g'weache,
hot frisch gschnitt ghett'
und d'Wealt siecht üs wie a Feadrbett.
I gong mit em Bieble a d'Oaschtra im Hinderstui,
alls isch still – bloas mir zwi – gonz allui.

Dea Bomm dett dined im Schatte
siecht üs as wie a Zuckerwatte
und die Stui, verschnitt um a Rad,
seached üs wie Mohreköpf – ohne Schoklad.

Voar is stuibt dr Schnea vun ar Tanne – mir dind gschtäd.
Mir gänd as Kutschemuseum nüf,
i düe des Tor vum Stadl üf
und wie 's Liecht de Raum üfheallt
sind mir zwi z'mol in ar ondre Wealt.

Es isch als ob die Schlitte is verzelle wänd,
was se schu alls verleabt händ und saged:
„Schtieg ing – mir fahred, wohi du widd."
D'r Klei macht groaß Öüge, als kreag a des all's mit.

„Ja, Büe, ma hot br's allad bloas verzellt,
aber so hon i mir alls kleina Büe Wiehnächte voargstellt."

Die Nacht der wilden Fräulein

Vor langer Zeit – oder auch gestern, man weiß es nicht genau – stand oberhalb des Bergdorfes Hinterstein ein auffallender Stein. Kein normaler Fels. Er war nicht allzu hoch. Nicht prächtig. Aber er war alt. Uralt und sehr wachsam. Wenn man zu ihm aufsah, hatte man das Gefühl, von einem offenen schwarzen Auge beobachtet zu werden.

Die Alten nannten ihn den „Wildfräuleinstein", den geheimnisvollsten Stein im ganzen Alpenland. Und sie warnten: Wer klug ist, geht diesem geheimnisvollen Stein aus dem Weg.

Denn in diesem Felsen sollen sechs Fräulein gewohnt haben, und obwohl kaum jemand die sechs Gestalten je zu Gesicht bekommen hatte, erzählte man sich, dass sie schön und stolz waren, aber auch jeglichen Kontakt zur realen Menschenwelt vermieden.

Manche sagten, eine alte Frau im Dorf habe diese Geschichte einst erzählt. Andere glaubten, sie habe sie selbst erlebt. Vielleicht war sie auch nur erfunden – ein Märchen, geboren aus Schnee, Stille, Wind und Sehnsucht. Sicher war nur: Sie begann wie viele andere – endete jedoch wie keine sonst.

Es gab auch ein siebtes Fräulein.

In einem längst vergangenen Winter, als die Tage kurz und die Nächte eisig kalt waren, schloss sich über dem kleinen Dorf der Himmel, und der Stein dort oben begann zu flüstern. Nicht laut, aber tief und bestimmt. Keine Menschenseele wagte sich in dieser Nacht mehr aus dem Haus.

Und dann geschah etwas, was nie hätte passieren dürfen.

Mirl war vierzehn Jahre alt, als diese eine Nacht ihr ganzes Leben veränderte und ihr Lachen, das alle Herzen öffnen konnte, für immer verschwand.

Von einem Traum gefangen und vom Mut besessen, schlich sich das Mädchen nachts aus dem Haus und machte sich auf den Weg zu dem geheimnisvollen Stein. Sie war sich sicher, dass sie den Namen des siebten Fräuleins nicht nur geträumt, sondern ihn auch gehört hatte.

Was in jener Nacht dort oben geschehen war, das weiß keiner ganz genau. Es gibt viele Geschichten über das, was sich ereignet haben könnte. Eines aber weiß man sicher: Die lebensfrohe Mirl war als ein anderer Mensch zurückgekehrt. Das Mädchen, das zuvor immer so gerne gesungen hatte, sang nicht mehr. Es lachte nicht mehr. Sie war da – und doch fehlte sie. Sie war wie ein Schatten. Ein Schatten, der keinen Körper mehr finden konnte.

Im Jahr darauf, in der Nacht der Wintersonnwende, der längsten Nacht im Jahr, schneite es fein und lautlos.

Die Dächer lagen wie schwere weiße Schultern unter der Last der Zeit. Die Stimmung im Dorf war friedlich, und trotzdem lag etwas in der Luft, das nicht zu greifen war.

An jenem Abend bewegten sich neun Gestalten wie Gespenster durch die Straßen. Sechs Mädchen, unter ihnen Mirl, und drei Hirtenbuben. Die Mädchen trugen grüne Kotzen – und unter den Kotzen trugen sie alte Gewänder. Weiße Kleider. Gewänder, die seit vielen Jahren nicht mehr aus den Truhen geholt worden waren.

Man erzählt sich, dass sie damals aus jenem Leinen genäht worden waren, das die Frauen trugen, die vor mehr als hundert Jahren die ersten Lichter am Wildfräuleinstein gesehen hatten.

Kein Wort fiel. Nur der Schnee sprach und das leise Knirschen unter den schweren Bergschuhen der neun mutigen Freunde.

Sie stiegen hinauf, hinauf zum Wildfräuleinstein.

Niemand konnte sie daran hindern, denn jeder im Dorf wusste: Wenn Mirl ihr Lachen und ihre Stimme zurückhaben möchte, musste etwas getan werden.

Ruth, ihre Freundin, die sich nie damit abfinden konnte, dass Mirl ihr sonniges Gemüt verloren hatte, schlug den Tanz vor. Den alten Tanz. Den Tanz, den keiner mehr tanzte, da dieser Dinge heraufbeschwor, die besser ruhen sollten.

Diesen Tanz hatten einst die wilden Fräulein getanzt, damals, als die ersten sechs Lichter auf dem Stein erschienen waren. Es war eine Nacht voller Wind und Klang. Man sagt, der Fels selbst hätte dabei leise gesungen. Und in jener Nacht kam das siebte Fräulein zum Vorschein. Sie war kleiner als die anderen. Zarter. Verletzlicher. Und sie war namenlos.

Man taufte sie. Mit einem Tanz. Nicht mit Wasser. Nicht mit Worten. Der Tanz war die Taufe. Die Bewegung war der Name. Und solange niemand ihren Namen aussprach, blieb sie verborgen. Alles war in Ordnung, bis eines Nachts das Ungleichgewicht kam und das siebte Licht erlosch.

In jener Nacht, in der Ruth und ihre Freunde zum Stein hinaufstiegen, tanzten sie, so wie es damals getan worden war – wie sie es von den Alten erfahren hatten. Ein Tanz, alt wie das Gestein selbst, das dort über dem Dorf wachte.

Die jungen Leute bewegten sich im Kreis, erst langsam, dann schneller und wieder ganz still, als lauschten sie einem Takt, der nur in der Erde zu spüren war.

Es war kein Tanz wie auf dem Festplatz. Es war ein Tanz, der nach innen führte. Jeder Schritt hatte Bedeutung. Jede Bewegung war wie ein Wort, das ohne Stimmen gesprochen wurde. Es war, als würde man sich an etwas Uraltes erinnern, an etwas, das nie vergessen werden durfte.

Sie tanzten so lange, bis sich in ihren Händen Lichter entzündeten – zuerst klein, dann wachsend, weich wie warmer Nebel. In diesem Moment fiel das Mondlicht auf den Felsen. Und dort – ganz deutlich – standen plötzlich sieben Figuren aus Stein.

Jetzt hörten sie eine Stimme aus der Höhle. Nicht laut. Nicht männlich, nicht weiblich. Eher wie ein Klang von Tau und Moos:

„Stellt jedes Licht zu einem Namen."

Die Hirten riefen im Tanz die Namen der sechs Fräulein, einen nach dem anderen, ehrfürchtig und klar. Jeder Name hallte zwischen den Felsen wie ein Echo, das den Berg erfüllte.

„Rezabell!"

„Stutzamutz!"

„Hurlahutsch!"

„Ahudlamutz!"

„Gertrüdle!"

„Trudea!"

Mit jedem Namen legten die Mädchen ein Licht vor eine der steinernen Gestalten. Das Leuchten flackerte kurz, als ob es antworten wollte, und blieb dann ruhig stehen – sechs Lichter vor sechs steinernen Fräulein.

Doch das siebte Licht fehlte. Und noch immer stand eine der Figuren im Schatten. Unbewegt. Namenlos.

Die Jugendlichen tanzten weiter. Die Hirten schlugen mit ihren Stöcken im Takt auf den gefrorenen Boden. Der Klang hallte tief durch das Tal wie ein uralter Ruf. Sie tanzten und tanzten – bis plötzlich in Mirls Hand ein Licht aufglomm.

Zuerst klein, dann zögerlich, dann heller und wärmer, so als hätte sie es selbst gewählt. Mirl blieb abrupt stehen und blickte wie erstarrt auf ihre Hand. Sie schaute zu Ruth. Die nickte ihr ermutigend zu. Dann hob Mirl den Blick. Auf dem Felsen, der über ihr stand, erschien eine Gestalt.

Das siebte Fräulein, hell erleuchtet von einem Licht in ihrer Hand.

Sie trug ein Kleid aus Fetzen, das vermoost war, grün und grau und alt wie der Stein selbst. In ihrem Haar lag ein Kranz aus Moos, durchzogen von kleinen leuchtenden Perlen, als wären Sterne darin gefangen. So stand es da, das Fräulein – nicht wie ein Wesen von dieser Welt, sondern wie eine göttliche Figur aus einer anderen Zeit.

Das Gesicht still. Ihr Blick klar. Das Fräulein sagte nichts. Doch es hielt das Licht in seinen Händen wie eine Botschaft. Ein Ruf ohne Worte.

Mirl wusste: Das galt ihr. Sie zögerte nicht. Langsam und sicher schritt sie die Felsenstufen hinauf, als wäre sie diesen Weg schon einmal gegangen. Kein Laut war zu hören, nur ihr Atem und das Knistern des Lichts.

Oben angekommen, nahm sie das Licht entgegen – und im selben Moment verschmolz das Licht in ihrer Hand. Wie eine Erinnerung, die wiederkehrt.

Und dann geschah ein Wunder.

Mirl hob den Kopf. Ihre Augen glänzten. Und über ihre Lippen breitete sich ein Lächeln aus – frei und hell, aus tiefstem Herzen. Es war, als würde etwas ganz Altes aufbrechen und neugeboren werden. Und noch ehe jemand etwas sagen konnte, begann Mirl zu singen. Ein Lied ... Ein Lied, mit einer Stimme so zart und klar – schöner, reiner als je zuvor.

Die Gruppe hörte auf zu tanzen. Die Hirten traten zurück. Und aus dem Dorf, so heißt es, kamen die Menschen herauf. Und alle, die Mirls Klänge hörten, begannen zu singen oder zu summen – weil sie die Melodie längst kannten, ohne es zu wissen.

Seit jener Nacht, so erzählen es die Alten, leuchten jedes Jahr in der längsten Nacht des Jahres, am 21. Dezember, sieben Lichter am Wildfräuleinstein. Und wer sie einmal gesehen hat, der weiß: Es ist mehr als ein Brauch. Es ist ein Zeichen. Ein Flüstern aus einer anderen Zeit. Und wenn der Wind in jener Nacht durch das Dorf streicht, könnte es sein, dass man ein Lachen hört. Hell, golden und voller Leben.

Mirl ist längst nicht mehr unter den Lebenden. Doch ihre Geschichte bleibt. Ihre Nachfahren erzählen sie noch immer, von Generation zu Generation. Nicht laut, nicht überall. Aber dort, wo Kinder noch singen und tanzen, wenn der Schnee fällt, dort lebt sie weiter. Und mit ihr das Licht, das niemals ganz vergeht.

Und der Wildfräuleinstein? Der schweigt. Still und wachsam. Bis zur nächsten längsten Nacht.

Wir lassen dich nicht allein

Text: Brigitte Weber

Rainer Bartesch (*1964)

2. Heute Nacht geh'n wir hin, Mut und Licht in unser'm Sinn,
hinauf zum Wildfräuleinstein,
hinauf zum Wildfräuleinstein, dort holen wir dein Lachen heim,
wir geh'n zum Wildfräuleinstein, dort holen wir dein Lachen heim!

3. Dein Lied, dein Glück, kommt dort zurück,
nur dort beim Wildfräuleinstein.
Wir lassen dich nicht allein, wir werden immer bei dir sein,
wir lassen dich nicht allein und werden immer bei dir sein!,

's Christkind kutt

Huit z'obed do kutt's! 's Christkind! Endlich!

Noch minam Adentskalendar wär es schu voar drei Däg kumme, well do hon i's letschte Schoklädle us em Fällele g'holed.
Aber huit zobed kutt 's!
Endlich!

Und ietz seit d'Mama i mieß as Bett! No schlofe, dass i idd mied bi, wenn 's Christkindle kutt.
Dernoh schlofe?!

Wo i doch schu so groaß bi! I ho ja schu feand'm Klöüs de Noggl mitgeabe! Am End verschlof i's no, 's Christkind! Aber d'Mama seit, se dei mi schu frei gnüe wecke.

Und was isch, wenn's des Johr freir kut? I blieb wach und düe bloas so, als ob i schlof.
Hoffentle hot 's Christkindle ming Wünschzeattl g'fünde. I ho voarsichtshalbar glei drei ums Hüs rumg'legt. Amol lüege, ob i öü nix vergeasse ho?

A Skihose!
Well mit dear hot's be letschte Friehling in a Drecksudde gwoarfe. No bin i in Vaddr's Wearkstatt, ho a Bürschte g'nomme und die Fleack rüsbutzed – und z'mol hot se a Loh khett!

D'Mama hot g'schimpft, do neahm ba doch a Kleiderbürste und kui Drohtbürste.

Gleitschüeh mecht i öü!

Feand bin i mit de' Gummistiefel hinda an a Öüto hig'honged. Aber do kriet ba heiße Fieß, wenn die Käre iber's Oberne fahred.

Und an Traktor – üngbedingt – mit am Frontladar!
Well, d'r Nochbür hot an moards Kieshüfe neabem Hüs. Do schnitt es schu de gonze Herbscht druff. So a nassa Kies, des isch doch nix. Und wenn i an Frontladar hätt, no kinnt i dean nasse Hüfe a uim Voarmittag is Kealarloh naschitte, dass es trickned.

Ja, und an Füeßball – us Leader!

Mit wießa und schwarza Kästle, aber id üfg'moled, wie uf deam olte Gummene. Dean hon i uff an Kreislar g'schosse, do isch a uff am Zünke steake bliebe.

Zerscht isch a no gonz oardele ründ g'weache, aber wie nen i razoge ho, hot a üsgseache wie die Hüt, wo mir d'r Papa allat vu dr Wießwurst wegzuicht.

I weiß schu, ming Lischte isch zimle groaß! Aber's Christkind isch öü a bitzle komod – es kutt ja bloas uimol im Johr! Wenn es im Summer öü kumme dät, no bricht i bloas d'Hälfte b'schtelle.

Es isch schu dünkel Nacht wie mi d'r Papa weckt.

„Du Papa, i ho vum Chriskindle dromed. Deam isch a groaß G'schenk uff de Fliegl g'falle. Und well es idd so schwer lupfe dearf, hott es mi g'froged, ob i idd d'G'schenkle a d' Hindelongar Kind verteil. Und fir jed's Kind, deam wo i a G'schenk bring, dearf i mir öu uis rüssüeche!"

„Güet", seit d'r Papa, „dass es bloas a Drom gweache isch, sis wär d'r gonz Dachbode volla G'schenker."

Ietz isch schu glei sechse und 's Christkind isch no idd kumme. Bade hon i no mieße und Strähle. I wett grad amol am Christkindle schmecke, ob des öü badet hot?

„Du Oma, du hosch doch 's Christkind schu g'seache? Hot des eigetle öü a Sunndagshose und an Polundar wo so grüseg bießt?" „Des hot a longs wieß Häs a", muit d'Oma. „So wie ding Nachthämed, Oma?"

„Iss ietz", muttred d'Mama. „Aber i ho kuin Hünger, i müeß doch lose, ob i i d'r Stube ebbas raschle hear." "s'Christkindle kutt weagedeam öü idd belder", seit d'r Papa, „wenn d'Oma ferteg geasse hot, no lüeged se, ob es schu do gweache isch!"

I wett öü gean a Oma sing, bloas uimol im Johr!

Ma schimpft mi no zweimol, well i d'Ärmel vu ming wieße Hemed i d'Soß g'hänkt ho und well mir beim Schepfe d'r Erdäpfelsalat i Omas Wingglas g'falle isch.

Aber nocha isch es sowit!
D'Oma stoht üf und goht i d'Stube. All's isch mucksmieslestill!
Hon i ietz a Klingle g'heart – oder idd?

Ja! Des isch 's Glöggele vum Christbomm – 's Christkind isch do g'weache!
I spring i d'Stube, ündrem Christbomm sind alle mine Gschenker.
I ka fascht idd beate und singe.

Do stoht a: Ming Traktor! Mit am Frontladar!
Dea siecht genöü aso üs, wie dea beim Bockbeßlar im Schöüfinschter. Und im Frontladar sind Gleitschüeh und a Füeßball. Und uff'm Sitz flacked a blöue Skihose. Ja, sogar g'schtrickte Händsche hot's brocht. Fingerhändsche, ob es die wohl seal g'schtrickt hot? Des macht bestimmt a Engele, well 's Christkind hot idd d'rwiel.

Am nägschte Moarge verwache i, well be d'r Füeßball druckt. Und d' Skihosa hon i öü no a.

Sapperlott, ietz hon i d'Oma gar idd g'froged, ob se mit em Christkindle gschwätzt hot?

Isch gli!
Des frog' i nägsch Johr!
Am Heilege Obed!

Rosis großes Herz

Es waren nur noch sechs Wochen bis Weihnachten. Rosi ging mit ihren zwei Hunden am schmalen Pfad des Bergbachs spazieren. Die Tiere schnupperten an kahlen Sträuchern, wälzten sich im Raureif und liefen immer wieder tobend voraus.

Mit ihren Gedanken war sie bei den Vorbereitungen für das bevorstehende Weihnachtsfest, sie zählte auf, was sie noch alles zu erledigen hatte. Geschenke besorgen – wahrscheinlich wie jedes Jahr in letzter Minute. Plätzchen backen, das Haus putzen, Weihnachtskarten schreiben und, und, und ... ging es ihr durch den Kopf.

„Weihnachten", seufzte sie vor sich hin.

„Warum ist das immer mit so viel Stress und Aufwand verbunden? Man gibt eine große Menge an Geld aus für viel Glanz und wenig Herz."

Das laute Gebell der Hunde riss sie aus ihren Gedanken. Während die Labradore die Ohren spitzten, blieb sie abrupt stehen. Ein Rascheln war aus dem Dickicht zu hören. Mit dem Kommando „Sitz" brachte Rosi die Hunde zum Schweigen. Sie stieß die herabhängenden Äste zur Seite und schaute neugierig durch das dichte Geäst.

Kaum sichtbar zwischen den Sträuchern, mühte sich eine kleine, gebeugte Frau mit einem Holzstapel ab. Ihr Rücken war gekrümmt und ihre furchigen Hände zitterten vor Anstrengung.

„Darf ich Ihnen helfen?", bot sich Rosi spontan an.

Die alte Frau hob langsam den Kopf. Ihr Gesicht war eingefallen, die Augen trüb, aber ein freundliches, etwas schüchternes Lächeln huschte über ihre Lippen.

„Ach Kind, das ist lieb von dir. Aber ich mache das seit Jahren allein. Um uns Alte kümmert sich doch keiner mehr. Die Jungen sagen immer: Wir kommen bald wieder. Aber dann ... dann kommt doch niemand mehr."

Rosi war von ihren Worten so berührt, dass sie eine Weile wie angewurzelt unter den Sträuchern verharrte. Mit einem freundlichen Gruß verabschiedete sie sich von der Fremden und wandte sich wieder ihren zwei treuen Weggefährten.

Allerdings ließen sie diese Worte nicht mehr los. Warum sagte die Frau so etwas?

Rosi stand auf, strich sich Zweige und Erde von ihrer Kleidung und löste das Kommando „Sitz" mit einem leisen „Lauf" auf. Dann machte sie sich auf den Heimweg. Die Worte der Fremden noch im Ohr, formte sich in ihrem Herzen zu einer Idee.

„Nein", rief sie – und war fest entschlossen:
„Dieses Jahr werde ich nicht meinen Geldbeutel, sondern mein Herz sprechen lassen."

Daheim angekommen, fütterte sie eilig ihre zwei wilden Racker und griff entschlossen zum Telefonbuch. Altenheim. Seniorenresidenz. Sorgfältig notierte sie die beiden Nummern auf einem Schmierzettel und freute sich wie ein kleines Kind auf den kommenden Morgen. Nachts lag sie noch lange wach. Immer wieder legte sie sich die Worte zurecht, wie sie am nächsten Morgen ihren Wunsch äußern wollte.

Der Wecker holte sie wie jeden Tag um sieben Uhr aus dem Schlaf. Noch zwei Stunden. Um Punkt neun Uhr griff sie zum Telefon.

Aufgeregt wählte sie die Nummer des Altenheims. Bereits nach dem ersten Läuten wurde am anderen Ende abgenommen und eine freundliche Stimme meldete sich:

„Guten Morgen! Sie sprechen mit Schwester Gabi. Was kann ich für Sie tun?"

„Äh. Grüß Gott", stammelte Rosi.

„Ja, bitte?", kam es fröhlich zurück.

„... Rosi Brauer ist mein Name. Ich traf gestern beim Spazierengehen eine alte Frau. Wir tauschten ein paar Worte und dabei hat mich ihre Aussage tief berührt."

„Ja. Verstehe ich ... und wie können wir Ihnen helfen?"

„Ich wollte wissen, ob in Ihrem Haus Menschen leben, die einsam sind? Ich würde gerne einer solchen Person eine Freude machen. Gibt es vielleicht jemanden ohne Angehörige, der sich über einen Besuch von mir freuen würde?", tastete sich Rosi langsam vor.

Funkstille in der Leitung. Schwester Gabi dachte: Was für eine Frage? Hier wimmelt es nur so vor Einsamkeit.

„Hallo. Sind Sie noch da?"

„Ja. Klar bin ich noch da."

Schwester Gabi musste sich kurz sammeln, ehe sie antworten konnte.

„Sind Sie von der Presse? Wenn Sie von der Zeitung sind, dann hätte ich Ihnen viel über Einsamkeit zu erzählen."

„Nein. Ich möchte einfach einem älteren, einsamen Menschen zu Weihnachten eine Freude machen. Gibt es denn jemanden, den ich besuchen dürfte?"

„Ach, Frau Brauer ..., es gibt so viele hier, die täglich sehnsüchtig auf Besuch warten. Sie haben Kinder und Enkelkinder, die immer wieder sagen: ‚Wir kommen bald wieder', aber oft bleibt es still. Kein Mensch kommt. Und die alten Menschen warten und warten und zerfallen täglich mehr vor Einsamkeit."

„Das ist sehr traurig", antwortete sie und dachte wieder an die traurigen Worte der Frau aus dem Wald.

„Ja. Es gibt hier jemanden. Frau Helene, achtundachtzig Jahre alt. Sie hat seit über fünf Jahren keinen Besuch mehr bekommen. Sie war Lehrerin und ist trotz ihres hohen Alters noch relativ vital. Ich würde vorschlagen, Frau Brauer, Sie kommen die nächsten Tage bei uns vorbei und ich mache Sie mit Frau Helene bekannt."

„Herzlichen Dank. Das hört sich nach einem guten Plan an", gab Rosi erleichtert zurück. Sie schien ihrem Ziel bereits etwas nähergekommen zu sein.

Ein paar Tage später saß Rosi in ihrem kleinen Fiat, den sie auf dem Parkplatz vor dem Altenheim abgestellt hatte, und hegte kurze Zweifel über ihr Vorhaben. Ihre Hände hielten das Lenkrad so fest umschlossen, als wollte sie sich im letzten Moment noch einmal fragen:

Soll ich wirklich? Ich kenne doch diese Frau gar nicht. Vielleicht möchte sie keinen Besuch? Vielleicht störe ich sie?

Dann erinnerte sie sich wieder an die Begegnung im Wald. An die Worte, die sie tief getroffen hatten. Schließlich nahm sie ihren ganzen Mut zusammen. „Nein. Ich habe es mir fest vorgenommen und das mache ich jetzt auch", sprach sie sich selbst Mut zu.

Entschlossen öffnete sie die Fahrertür und stieg aus. Als sie auf das Gebäude zuging, zog es ihr unwillkürlich die Schultern zusammen.

Schon von Weitem konnte man erkennen, dass das ein Altenheim war: viele gleiche Balkone, klein und kahl. Dieser graue Betonklotz wirkte alles andere als einladend. Es erschien Rosi wie ein stiller Ort, den man lieber mied.

Als sich die Türen am Eingang automatisch öffneten, schlug ihr sofort dieser typische Geruch entgegen: eine Mischung aus gekochtem Gemüse, Reinigungsmittel und etwas, das man nicht genau benennen konnte – eine schwere, leicht süßliche Note, die sich einem unwillkürlich in die Nase legte.

Rosi hörte Geschirrgeklapper, nahm das leise Schieben von Rollstühlen auf dem Linoleumboden wahr, das Klacken von Gehstöcken, gedämpftes Murmeln. Menschen saßen im Gemeinschaftsraum, manche ins Leere starrend, andere führten langsam ihre Suppenlöffel zum Mund. Einigen wurde vom Pflegepersonal mit geduldigen, geübten Bewegungen das Essen angereicht, andere hielten ihre Suppenteller so fest umklammert, als wäre dies der letzte Halt in ihrer Welt – einer Welt, die immer kleiner und enger wurde.

Mein Gott, dachte Rosi, wie traurig ist das denn!

Einsame Menschen, die einfach nur warten. Warten auf einen Besuch, ein Gespräch, ein Lächeln. Oder auf das ...

Als Schwester Gabi mit ausgestreckter Hand auf sie zuging und sie herzlich begrüßte, so als würden sie sich schon lange kennen, lichteten sich Rosis trübe Gedanken augenblicklich.

„Hallo, Sie müssen Frau Brauer sein! Bitte kommen Sie! Ich zeige Ihnen Frau Helenes Zimmer."

Rosi folgte Gabis festem, schnellem Schritt. Ihr Herz klopfte dabei laut, und als sie vor dem Zimmer stand, wurden ihre Hände feucht. Schwester

Gabi nickte ihr aufmunternd zu und klopfte forsch an die Türe, bevor sie eintraten.

„Hallo, Frau Helene", begrüßte Gabi die alte Dame. „Hier ist Besuch für Sie!"

Rosi trat einen vorsichtigen Schritt in das Zimmer und ließ ihren Blick durch den Raum gleiten. Durch einen schmalen Korridor gelangte man in den winzigen Wohnraum. Links ging es in ein fensterloses Bad. Das Zimmer selbst war einfach, fast karg eingerichtet: ein hohes Pflegebett mit herabhängendem Gitter und einem Haltebügel darüber, daneben ein einfaches Nachtkästchen. Im Kontrast dazu stand ein dunkles Vertiko aus der Jugendstilzeit – ein Möbelstück, das so aussah, als könnte es selbst viele Geschichten erzählen. Es wurde flankiert von einem Fernseher. An der Fensterfront stand ein kleiner Tisch mit zwei Stühlen und ein schmaler Kleiderschrank. In der Mitte – ein einziges Fenster, das spärliches Licht spendete.

„Meine Güte", dachte Rosi. Was bleibt am Ende von einem ganzen Leben übrig? Ein Bett, ein Schrank, zwei Stühle – und ein Zimmer, das stiller ist als jede Erinnerung.

Rosi sah die ältere Dame auf einem der Stühle am Tisch sitzen, wie sie gerade ihre Suppe löffelte.

Frau Helene hob den Kopf. Ihre tief liegenden Augen wirkten auf Rosi müde und traurig.

„Guten Tag – darf ich hereinkommen?", fragte Rosi nochmals höflich, obwohl sie bereits eingetreten war.

Frau Helene nickte langsam, legte den Löffel in den Teller und zog ein kleines Tuch vom Schoß.

„Bitte ... Wer sind Sie?"

Rosi trat näher. Unaufgefordert nahm sie auf dem Stuhl gegenüber Platz.

„Mein Name ist Rosi Brauer. Ich wollte Sie besuchen, wenn Sie erlauben."

Frau Helene schwieg für einen Moment, dann zeichnete sich ein vorsichtiges Lächeln auf ihrem schmalen Mund ab.

„Besuch ... Das ist lange her."

Und so begann ein erstes, behutsames Gespräch. Rosi erzählte ein wenig von ihren Hunden, von ihrem Garten und ihrer Liebe zum Backen. Frau Helene hörte ihr aufmerksam zu. Dabei wurden ihre Augen immer wacher und schon bald stellte sie viele Fragen.

Von diesem Tag an besuchte Rosi die ältere Dame jede Woche einmal. Mit der Zeit gewöhnte sie sich auch an das Haus, mit den vielen einsamen Menschen. Es erschien ihr irgendwann gar nicht mehr so kalt. Zu ihren Besuchen brachte sie Frau Helene eine Kleinigkeit mit: selbstgebackene Kekse, einen kleinen Strauß Wintergrün, ein paar Bilder von ihren Hunden oder auch etwas zum Vorlesen.

Sie hörte Frau Helene zu, lachte mit ihr, las ihr vor, und manchmal hielten sie auch einfach nur still die Hände.

Die Wochen vergingen und Helene blühte sichtlich auf. Ihre Augen strahlten heller und ihre Stimme wurde kräftiger. Für Rosi war jeder Besuch wie ein leises Geschenk, auch an sich selbst – ein Innehalten während der oft so lauten und betriebsamen Adventszeit.

Einige Tage vor Weihnachten nahm Rosi all ihren Mut zusammen und sagte zu der alten Dame:

„Frau Helene, ich möchte Sie gerne einladen. Bitte machen Sie mir die Freude, am Heiligen Abend zu mir nach Hause mitzukommen. Nur für ein paar Stunden am Nachmittag. Ich decke den Tisch festlich, wir trinken Tee, essen Stollen, hören Weihnachtslieder und lassen es uns so richtig gut gehen – wenn Sie möchten."

Da legte Frau Helene ihre Hand auf Rosis und ihre Augen füllten sich vor Freude mit Tränen.

„Ich ... ich weiß gar nicht, was ich sagen soll. Ich hätte nie gedacht, dass ich noch jemals wieder eingeladen werde. Das ist unendlich lieb von Ihnen. Aber ich möchte Sie nicht stören. Weihnachten möchten Sie sicher zusammen mit Ihrer Familie verbringen."

„Nein. Ich habe keine Familie. Meine Patenkinder sind dieses Jahr in den Süden geflogen und meine Schwester ist bereits vor vielen Jahren verstorben. Sie würden auch mir eine große Freude machen, wenn ich Sie am Heiligen Abend abholen dürfte."

Da stimmte sie der Einladung freudig zu und im Stillen konnte sie es kaum erwarten, bis es so weit war.

Am Nachmittag des 24. Dezember war es endlich so weit. Rosi holte Frau Helene pünktlich um vierzehn Uhr im Heim ab. Die alte Dame trug ein feines, bereits in die Jahre gekommenes beigefarbenes Kleid mit einer kleinen goldenen Brosche am Revers. In der Hand hielt sie ein winziges selbstgestricktes Tüchlein.

„Für Sie, Rosi", sagte sie leise bei der Begrüßung. „Ich ... ich hatte gehofft, dass es vielleicht doch noch einmal jemand braucht ..."

Rosi nahm das so herzlich gemeinte Geschenk liebend gerne an und half ihrem Gast ins Auto.

„Es ist wirklich wie Heimkommen", sagte Frau Helene glücklich und beobachtete fasziniert den vorbeifahrenden Straßenverkehr.

Zu Hause angekommen, nahmen die beiden Frauen an dem festlich gedeckten Tisch Platz. Der weiche Schein der Kerzen warf warmes Licht auf Frau Helenes Gesicht.

Rosis Labradore lagen friedlich vor dem lodernden Feuer am Kamin, als spürten sie, dass heute etwas ganz Besonderes geschah.

Die Frauen tranken Darjeeling-Tee mit einem Schuss Rum. Dazu gab es selbstgebackenen Christstollen mit dicken Rosinen darin. Frau Helene strich mit ihren Fingerspitzen bedächtig über den Rand der zarten Teetasse, und man konnte sehen, dass ihre Augen weit in die Vergangenheit blickten.

„Wissen Sie", begann sie leise, „mein Mann ... Er war meine große Liebe. Wir haben zusammen getanzt, Schach gespielt und die Welt bereist. Und jedes Weihnachten hat er mir einen kleinen Brief unter den Weihnachtsteller gelegt, in dem er mir seine Liebe gestand. Immer wieder aufs Neue. Ich habe sie alle aufgehoben – bis zuletzt." Sie hielt kurz inne, ehe sie fortfuhr.

„Er starb vor zwanzig Jahren. Danach ist es still geworden in unserer Wohnung. Unser Sohn ... er ist kurz darauf für seine Firma nach China gegangen und hat dort seine neue Familie gefunden. Danach habe ich noch ein paar Jahre allein mit den Erinnerungen, den Briefen, und den Liedern gelebt. Als mein Sohn dann plötzlich zurückkam, war er nicht heimgekehrt um mich zu besuchen, sondern um meine Wohnung aufzulösen.

Er sagte: „Mama, du kannst mit dreiundachtzig Jahren nicht mehr allein leben. Ich bin weit weg. Es kann sich keiner um dich kümmern."

„Und dann ... dann hat er mich in dieses Heim gebracht. Das geschah vor fünf Jahren. Seit dem Tag bin ich immer nur Gast in meinem eigenen Leben gewesen."

Rosi berührten Frau Helenes Worte so sehr, dass sie ihre Hand tröstend drückte. „Sie sind kein Gast. Nicht heute. Heute sind Sie zu Hause." Frau Helene schloss einen Augenblick lang die Augen und atmete langsam aus.

„Ich hätte nie gedacht, dass ich das noch einmal erleben darf."

Sie erzählte noch lange – von ihrem ersten Tanz mit ihrem geliebten Heiner, von glücklichen Kindheitstagen mit ihrem Sohn und immer wieder auch von den liebevollen Briefen, die sie jedes Jahr zu Heiligabend las, immer und immer wieder.

Der Abend verging viel zu schnell. Als Rosi, Frau Helene nach dem Abendessen ins Heim zurückbrachte, drückte Frau Helene ihre Hand fest und sagte mit einem glücklichen Lächeln:

„Ja, heute bin ich heimgekommen. Zum ersten Mal seit vielen Jahren ... Danke!"

Rosi lächelte und in ihren Augen glitzerten feine Tränchen der Rührung. „Und ich komme wieder. Jede Woche. Versprochen!"

„Sie wissen gar nicht, welche Freude Sie mir damit bereiteten! Das ist das schönste Geschenk, seit ich nach dem Tod meines geliebten Heiners auf mich allein gestellt bin."

In Rosis Herz breitete sich eine tiefe Wärme aus. Ihr war bewusst geworden, dass sie dieses Jahr das schönste Weihnachtsgeschenk von allen bekommen hatte – eine neue stille und feine Freundschaft, die weit über den Heiligabend hinausreichen würde.

Am nächsten Morgen um kurz nach acht klingelte das Telefon.

Rosi erkannte die Nummer des Altenheims und nahm mit einem leisen „Hallo?" ab.

Am anderen Ende war Schwester Gabi. Ihre Stimme klang sanft.

„Frau Brauer, ich, … ich wollte Sie wissen lassen … Frau Helene ist heute Morgen ganz ruhig in ihrem Bett entschlafen. Alles war friedlich, und als sie gestern Abend von Ihnen zurückgekehrt war, hat sie sehr glücklich ausgesehen."

Rosi musste sich setzen. Tränen liefen ihr über die Wangen, stille, heiße Tränen. Sie sagte nichts. Aber in ihrem Herzen sprach sie:

„Danke, Frau Helene, dafür, dass Sie mich hineingelassen haben. In Ihr Leben. In Ihr Herz."

Draußen zog ein klarer Wintertag herauf. Und irgendwo in ihren Gedanken lag ein kleiner Brief unter dem Teller – wie ein Gruß aus einer anderen Zeit.

Als der Vater leise wurde!

Ich saß nachdenklich auf dem Sofa. Meine Hand hielt eine alte Weihnachtskugel – rot, aus Glas, mit silbernen Linien verziert, eine dieser zarten Kugeln, die in meiner Kindheit an keinem Christbaum fehlen durfte. Sie war nicht mehr neu. Am Rand gab es kleine Kratzer und die Aufhängung war auch schon leicht verbogen – doch gerade das machte sie für mich so besonders.

Diesen Weihnachtsschmuck hatte ich von meiner Mutter in dem Jahr, als mein Vater verstorben war und sie Weihnachten bei mir verbrachte, geschenkt bekommen.

Meine Geschwister waren längst alle aus dem Haus, und da Mutter allein auf dem Hof lebte und Vater sehr vermisste, verbrachte sie das erste Weihnachtsfest als Witwe bei meiner Familie und mir.

Als Geschenk brachte sie mir eine kleine Schachtel mit – darin drei Kugeln, zwei Vögelchen und ein paar silberne Halter.

„Du kannst sie vielleicht brauchen“, sagte sie.

Und in diesem Moment spürte ich mehr als je zuvor:

Es war nicht der Schmuck – es war das Vermächtnis. Ein Vermächtnis in die Vergangenheit.

Viele Jahre sind seither vergangen. Auch meine Mutter ist längst verstorben. Aber in der Weihnachtszeit, wenn ich eine dieser drei Kugeln in die Hand nehme, ist alles wieder da. Die Stimmen. Die Erinnerungen.

Es war nicht der Schnee. Nicht der Baum. Es waren nicht die Geschenke. Es war der Moment, in dem Vater aufhörte, laut zu sein.

Der Hof und die Familie waren groß. Das Leben voll. Voll mit Knechten, Tagelöhnern, Schlachtterminen, Stallgeruch, Auktionen und Viehmärkten.

Täglich wurde von frühmorgens bis abends spät gearbeitet, gehandelt, gemolken, Kälber getränkt, Kartoffeln geerntet und vieles mehr. Ständig gingen Menschen ein und aus, trugen Eimer, schoben Schubkarren, holten Eier und Milch, redeten umtriebig durcheinander, rochen nach Stall, Tabak und Bier. Er war im Dauerbetrieb. Auf dem Hof kehrte nie Ruhe ein.

Kinder gab es reichlich, sie galten niemals als Mittelpunkt der Familie. Sie liefen einfach so mit oder waren günstige Arbeitskräfte. Der große Küchentisch, der unser Herzstück hätte sein können, war ein Treffpunkt für Pferdehändler, Tagelöhner, Bauern – und nur selten war der Tisch ausschließlich für die Familie gedeckt.

Vater beherrschte den Raum, wo immer er stand. Sobald er zur Tür hereinkam, rannte jedes Familienmitglied in eine andere Richtung, und tat geschäftig. Seine Stimme war laut, seine Schritte waren fest, seine Worte klangen selten sanft. Als Händler war er in seinem Element. Wenn er verhandelte, Preise bestimmte, schnell, sachlich und kompromisslos Entscheidungen traf, hatten Gefühle dort keinen Platz.

Seine Art zu lieben war streng, fast militärisch – oft auch verletzend und hart. Und er forderte viel. Auch von denen, die ihn liebten.

Und Mutter? Sie war keine, die still lächelte oder einem Kind zärtlich über den Kopf strich. Sie funktionierte. Haus und Hof führte sie wie einen Betrieb. Sie organisierte: Personal, Haushalt, Lieferungen, Einkäufe und die Bankgeschäfte.

Ihre Augen kontrollierten. Ihre Worte richteten. Ihre Liebe war kein Gefühl, das wärmte, sie drückte sich in ihrer Haltung aus – einer Haltung, die Ordnung schaffte und alles zusammenhielt.

Doch dann, dann kam Weihnachten.

Der Weihnachtsbaum wurde bestellt, nicht geschlagen. Ein perfekter Baum musste es sein. Makellos wie ein Ausstellungsstück. Mutter hatte einen Blick für Proportionen. Wenn ein Ast fehlte, zu kurz oder zu schief war, griff sie zur Bohrmaschine, bohrte Löcher in den Stamm, setzte passende Zweige ein, leimte und schnitt zurecht, bis der Baum ihren Vorstellungen entsprach.

Dann kam der Schmuck. Die kleinen Kugeln wurden oben um die Baumkrone platziert, dazwischen Glasvögel mit bunten Federn. Nach unten wurden die Kugeln immer größer und zum Schluss kam das glänzende Lametta, das Strähne um Strähne wie heilige Fäden in die Zweige gelegt wurde. Die Kerzen waren aus rotem Wachs, auf silbernen Haltern, genau verteilt. Der Baum stand im Raum wie eine heilige Trophäe. Niemand durfte ihn sehen, bevor er fertig war. Er war Mutters Werk. Mutters Stolz. Und einen Moment lang, nur diesen einen, zeigte sie eine andere Seite von sich – nicht kühl, nicht streng, sondern fast zärtlich in ihrem Streben nach Schönheit. Vielleicht war es ihre Art, Liebe auszudrücken. Vielleicht tat sie es auch nur für ihn – für den Mann, dem sie ihr ganzes Leben unterordnete.

Das Zimmer, in dem der Baum stand, war das Jahr über eine Vorratskammer: alles funktional – Lebensmittelvorrat, Kühlschränke, Wäsche.

Doch an Weihnachten verwandelte es sich. Ein Tisch kam rein, ein anderer raus. Der Baum wurde gegenüber der Tür aufgestellt; sobald sich die Türe öffnete, fiel der Blick sofort auf ihn. Und kam man zur Haustür herein, protzte einem der Baum mit seinem vielen Lametta regelrecht entgegen. Kraftvoll und stolz stand er da und vermittelte ein Bild von Glanz und Ordnung.

Am Vormittag des 24. Dezember ging es laut zu, wie immer. Die Stallungen mussten ausgemistet, Stroh eingestreut, die Schwänze der Kühe gründlich mit Schmierseife gewaschen und die Hörner mit Glasscherben aufpoliert werden.

Das grüne Wählscheibentelefon an der Küchenwand klingelte ohne Unterbrechung. Bauern meldeten sich für den Besuch zwischen den Feiertagen an – denn da hatten sie Zeit, um Kühe zu kaufen. Deshalb wurden Kühe, Kälber und alle anderen Tiere herausgeputzt, als stünden sie selbst vor der Bescherung. Traktoren ratterten über den Hof, und im Haus roch es nach Sauerkraut.

Der Heilige Abend begann auf dem Anwesen wie jeder andere Tag: mit Arbeit. Aber im Haus war etwas anders. Schon in den Tagen zuvor war eine vorsichtige Stille zwischen den Stimmen zu spüren. Mutter war sanfter. Nicht weicher – das konnte sie nicht, aber leiser, nachdenklicher, fast abwesend. Sie ging von Zimmer zu Zimmer, prüfte Listen, sprach mit den Hausmädchen, mit der Magd und meinen älteren Schwestern. Sie bestellte Geschenke, wenn diese bislang nicht von „Neckermann“ oder „Quelle“ geliefert worden waren. Es war, als hätte sie für kurze Zeit gelernt, nicht mit Befehlen zu führen, sondern mit Blicken, mit Gedanken, mit stiller Fürsorge ...
Wie jedes Jahr war es ihr wichtig, dass jeder, der auf dem Hof lebte, ein Geschenk erhielt. Die Knechte Josef und Martin. Die Magd Amalie. Jedes Kind.

Ein paar Häuser entfernt von meinem Elternhaus gab es einen kleinen Textilladen – übervoll mit Kleidung, Stoffballen, die Regale mit Kartons bis unter die Decke gefüllt. Geführt wurde der Laden von Herrn Popp. Herr Popp trug immer ein Maßband um den Hals und war stets bereit, wann immer Mutter auch anrief, ob an Sonn- oder Feiertagen, er war immer bemüht, ihr jeden Wunsch zu erfüllen. Er kannte ihre Ansprüche, ihren Blick für das Schöne, ihre Ungeduld – und er tat alles, um sie zufriedenzustellen. Dort kaufte sie Schlafanzüge, Strümpfe, Socken, Hemden und Unterwäsche. Dazu ein wenig Süßes, vielleicht auch, wenn es ihre finanziellen Mittel erlaubte, noch ein Duftwasser, ein Buch oder eine Schallplatte. Keinen Luxus. Aber Zeichen. Stille Zeichen, ohne viele Worte. Mutter war nicht so kalt wie Vater – sie konnte ihre Wärme nur nicht zeigen.

Gebacken wurde auch. Nicht von ihr. Meistens von einer der Frauen, die im Haus arbeiteten, oder meinen älteren Schwestern. Die Blechdosen mit Butterplätzchen mit bunten Streuseln darauf, Spritzgebäck, Lebkuchen und Vanillekipferl reihten sich auf dem Nebentisch der Speisekammer. Und doch war es nicht nur der Duft von Gebäck, der in der Luft lag – es war etwas Tieferes, das zwischen den Dingen schwebte. Eine Erwartung. Eine Hoffnung.

Vor der Bescherung mussten wir alle baden. Nacheinander. Nur die Jüngeren wurden gleich zu dritt in die Badewanne gesteckt. Fingernägel, Ohren und der Rücken wurden sauber geschrubbt, das Haar wurde gewaschen und gebürstet. Dann noch das schönste Sonntagskleid angezogen. Die Brüder in frisch gestärkte Hemden gesteckt. Alles wirkte feierlich und doch ein wenig fremd. Vielleicht, weil der Glanz nicht alltäglich war. Ich war das jüngste der Mädchen. Möglicherweise auch die Einzige, die diesen Zauber wirklich verspürte. Die älteren Geschwister hatten Stall- und Haushaltspflichten.

Nach dem Baden wurden wir abgetrocknet, angekleidet und zurechtgezupft. Und dann wurden wir nach draußen geschickt oder – wenn es draußen zu kalt war – in das gemeinsame Zimmer verfrachtet, das wir zu viert teilten. Obwohl wir versprochen hatten, brav zu sein, schlichen wir uns auf Zehenspitzen hinaus und reihten uns leise auf der knarrenden Holztreppe auf. Von dort aus schauten wir neugierig um die Ecke und versuchten, ein wenig Einblick in das geheimnisvolle Weihnachtszimmer zu erhaschen.

Die Tür war verschlossen. Kein Laut. Kein Licht. Nur ein wenig Lametta auf der Treppe, ein Überbleibsel von Mutters oder dem Christkindls letzten Handgriffen.

Mein jüngerer Bruder Ben war mutig. Er ging bis zur Tür, legte sein Ohr ans Schlüsselloch. Horchte. Aber auch von da aus war nichts zu hören. Die Spannung war kaum noch zu ertragen.

Endlich kamen nun auch die älteren Geschwister, die Knechte und die Magd hinzu. Vater stand am Ende der wartenden Schlange und sah uns Jüngste mit einem ernsten, beinahe feierlichen Blick an. So, als wollte er sagen: Jetzt still sein. Gleich ist es so weit.

Dann läutete das Glöckchen.

Langsam öffnete sich die Tür. Warmes Licht strömte heraus.

Ein flackerndes Leuchten, das sich mit dem Duft von Wachs, Holz und Sauerkraut vermischte. Für einen Moment hielt meine kleine Welt den Atem an. Kein Wort, kein Schritt – nur das Klingeln des Glöckchens verklang in der Stille.

Dann erschien es: das Christkind. Ganz in Weiß, mit zartem Schleier vor dem Gesicht, beinahe durchscheinend, als käme es aus einer anderen Welt – seine Stimme war leise, beinahe flüsternd. Mein Bruder neben mir trat von einem Fuß auf den anderen und seine abstehenden Ohren leuchteten dabei wie zwei Glühbirnen.

Wir traten ein. Ehrfürchtig. Wie in eine Kirche.

Und dann sangen wir: „Stille Nacht, heilige Nacht ...". Die Stimmen waren leise, ein bisschen schief, aber voller Bedeutung. Diese Momente sind in meiner Erinnerung derart tief verankert, als wäre es erst gewesen. Wie ich dastand, klein, mit klopfendem Herzen, die Hände wie zum Gebet gefaltet, die Augen aufs Christkind gerichtet, dann wieder zu meinen Eltern. Ich sah nicht dieselben Gesichter wie sonst. Die Härte war weg. Die Blicke waren weicher, fast feierlich. Mutti stand still und sang göttlich.

Ich sah nicht mehr die Gesichter von Mutter und Vater – sie waren wie verwandelt ...

Ich spürte es: Das sind Mutti und Vati.

Die Stimme des Christkinds war sanft und klar, als es sagte:

„Ich wünsche euch friedliche Weihnachten und möge das Jahr 1966 euch Freude und Segen bringen. Genießt die heiligen Feiertage, kommt zur Ruhe und seid gut miteinander."

Dann wurde es still. Nur das Licht der Kerzen flackerte. Und in dieser Stille geschah etwas: Der Zauber senkte sich auf uns.

Der Baum stand da in seiner vollen Pracht, und er tat seine Wirkung: Er strahlte wie ein Versprechen. Und darunter, ... da stand er, mein sehnlichster Wunsch: ein Puppenwagen mit einer wunderschönen Puppe! Ich wagte kaum zu glauben, dass diese Kostbarkeit tatsächlich für mich bestimmt war. Das Christkind schaute mich an, als könnte es meine Gedanken lesen, nickte mir zu und sprach mit sanfter Stimme:

„Nimm es. Es ist dein."

Nach „Stille Nacht" sangen wir noch „O Tannenbaum". Dann trat das Christkind einen Schritt zurück, hob die Hände zu einem Segen und verabschiedete sich mit den Worten:

„Nun muss ich weiterziehen. Auch andere Familien warten heute Abend auf mich. Aber denkt daran: Ich komme jedes Jahr zu euch zurück – dorthin, wo die Liebe im Herzen wohnen bleibt."

Es neigte noch einmal den Kopf, drehte sich langsam um und verschwand lautlos durch die geöffnete Tür.

Ein Moment der Stille folgte – zart, wie ein kurzes Innehalten zwischen zwei Atemzügen. Niemand sprach. Niemand bewegte sich. Und dann, wie von selbst, richteten sich alle Blicke auf den Baum. Er stand da, still und strahlend, darunter und auf dem Tisch daneben alle Geschenke. Jeder suchte seinen Stoß – fein säuberlich sortiert nach Namen oder Platz.

Ich kniete mich vor meine Puppe, nahm sie in den Arm, streichelte ihr übers Haar, und mein Herz pochte, als wollte es diesen Moment für immer festhalten.

Dann durften wir spielen. Einfach spielen. Keiner schimpfte mit uns. Wir tollten, bauten, sangen und entdeckten viel Neues. Alles ohne Einschränkungen.

Ohne erhobenen Zeigefinger. Ohne das Übliche: „Nicht jetzt!“ oder „Dafür ist jetzt keine Zeit!“. Wir durften Kind sein, ganz normale Kinder. Am Heiligen Abend zählte nicht die Leistung. Es zählte das Herz.

Später saßen wir feierlich in der großen Küche beim Abendessen. Meine älteren Schwestern servierten Bratwürste, Sauerkraut und Kartoffelpüree. Knechte und Magd saßen mit am Tisch, irgendwie gehörten auch sie zu unserer Familie.

An diesem Abend sprach keiner vom Viehhandel, auch nicht von Bauern, nicht über Geld oder die halsabschneiderischen Banken. Sogar das grüne Wandtelefon schwieg. Keiner musste mehr in den Stall, weil irgendeine Kuh kalbte. Keiner musste in den Keller, um Kohlen und Briketts zu holen. An diesem Abend wurde nur gefeiert.

Vati war gelöst, beinahe heiter. Er holte die Spielesammlung hervor und forderte uns mit den Brettspielen „Dame“ und „Mühle“ heraus. Es war keine Frage, er gewann immer. Aber das war egal. Wichtig war: Er spielte mit uns. Er war da. Nicht als Händler. Nicht als Patriarch. Sondern als Vati.
Und vielleicht war es dieser Moment, als wir um das Spielbrett saßen und seine Augen freundlich blieben. Dieser Moment, in dem ich begriff, dass Weihnachten mehr war als nur ein Fest.

Es war die Möglichkeit, Familie zu sein. Ein Fenster öffnete sich für mich. Es bot einen Blick in eine andere Welt. Eine Welt, in der man gesehen wird. Gehört. Gewollt. Geliebt.

Am nächsten Tag durften wir rüber zum Nachbarn. Siegbert hatte seinen ganzen Hof in eine Eisstockbahn verwandelt. Schon Tage zuvor hatte er Wasser über den Platz laufen lassen, das bis Weihnachten zu glasklarem Eis gefroren war. Wir lachten, freuten uns, waren fröhlich und feuerten uns gegenseitig an.

Und Vati, der sonst nie Zeit hatte, nahm mich mit zum Eisstockschießen. Mich, seine Kleinste von den Mädchen. So hatte er mich immer genannt. Wo ist die Kleinste? Er nannte mich selten bei meinem Namen.

Wenn später „Sissi“ im Fernsehen lief, durften wir einfach dasitzen, und keiner ermahnte uns, ob wir nichts Nützliches zu tun hätten. Nicht nur für einen Abend, sondern für ein paar Tage. Sie waren da. Nicht mit vielen Worten, aber mit einem Lächeln. Es waren Blicke, die nicht durch mich hindurchschauten, sondern mich wirklich sahen.

Vielleicht waren es diese Blicke, die ich nie vergessen habe. Vielleicht aber auch diese Momente, in denen alles stimmte. Wenn der Hof verstummte, Vati leise wurde und selbst Mutti für einen Augenblick innehielt und einfach Mutti war.

Heute, viele Jahre später, weiß ich, ich habe einen Teil meines Lebens um diesen Moment gebaut. Um Weihnachten.

Ich habe Geschichten geschrieben, Bühnen inszeniert, einen Markt erschaffen, der keine Kindheitsträume offenließ.

Nicht nur, weil ich kreativ bin. Mein Wunsch war es, dieses einzigartige Gefühl von Geborgenheit, Wertschätzung und Liebe wiederzuschenken und diese auch bei meinen Mitmenschen für immer zu verankern. Ein Gefühl, das einem sagt:

„Du bist gemeint!“ „Du, darfst du sein!“ „Heute zählt nur das Herz!“

Mittlerweile weiß ich: Weihnachten war als Kind mein Anker. Der einzige Ort in meinem jungen Leben, an dem ich spürte, wie es sein könnte, wenn wir nicht funktionieren müssten, sondern einfach da sein durften.

Die billege Botsche

Es isch numm long uff Heileg Obed hi,
i schtond in am Lade und denk:
„G'schpässeg – es isch all Johr gli,
was köüf i fir a Wiehnächtsgschenk?"

Wie i schtriele siech i dob uff ar Pfädde,
Hiddebotsche – in am Krädde.
Us ar melierte Schofwoll g'schtrickt,
mit am Umschlag bis iber d'Knode,
umarad a kleine Boarte g'schtickt
und ar Filzsohle – fir de kolte Bode.

„Mei, sind die Hiddebotsche schi!"
I ho glei a ming Brüeder denkt:
„Aber – so ebbas Billegs kanem fascht it gi,
hot a ber doch feand a Kaffeemaschine g'schenkt!"

I bi zwar kui Kaffeenar idd,
aber – uff deam Priesschild sind fünf Steane.
drumm nimm i huir a Schriebmaschine mit
und 's Schriebe – des wierd a schu no leane.

De moanats siecht ba de Brüeder löüfe,
ea sott öü no waile a Gschenkle köüfe.
Schtoht im glieche Lade voar deam Krädde
und sinned: „Sind des no Bätschle – nette."

Üsg'macht isch, ma dei num so groaß mit Schenke,
bloas was do rüskutt, des kasch d'r denke.
Diese händ ebbas Nobels all mitanond
und i so billege Botsche – des wär a Schond!

Voar i ietz no eweg rumgfrette,
köüf i an Radiorecordar und a Kassette.
Des g'fällt em – a Band mit mina Lieblingslieder
und wenn idd, nimms i – mir sind ja Brieder.

No isch Heileg Obed – all's bringt sine Päckle,
d' klei Schweschter kutt – git am jede a Säckle,
muit: „A ming G'schenk isch idd viel dra,
aber i hoff, dass ba's brüche ka."

Z'erscht hot se g'muit, i sei vergrämmt,
wie i's Gschenkpapier weckdüe.
D'rbei hätt be lieber i de Bode g'schämmt,
des sind ja die schine Hiddeschüeh!

Diesa macht öü a gonz dumms G'sicht,
doch z'mol do miesse b'r lache.
Verzelled d'r Schweschter isa Gschicht,
well se muit – mir seie idd gonz bache!

Und wenn i huit um a G'schenkle guck,
denk i allad a des Wiehnächte z'ruck.
So manches flacked schu long i irgend am Loh,
bloas die Botsche – die billige – die hon i no!

Finn, der Harlekin

Tiefe, dunkle Wolken hingen schwer über den Dächern der kleinen Stadt. Der Wind peitschte den Regen wie einen nassen Schleier durch die Gassen. Menschen hetzten mit eingezogenen Köpfen, hochgeschlagenen Mantelkrägen und Schirmen durch die Straßen. Der frühe Nachmittag des Heiligenabends roch nach nassem Stein, kaltem Metall und einem Hauch von Mandeln, der trotz des starken Niederschlags von dem kleinen Weihnachtsmarkt herüberwehte.

Das Einzige, was Eva heute an Weihnachten erinnerte, war der alte Leierkastenmann in dem kleinen Park gegenüber. Sein Mantel wirkte abgetragen. Die Regentropfen suchten sich wie kleine Bäche den Weg über sein zerfurchtes Gesicht und auf dem Kopf trug er eine zerschlissene Trikotmütze. Seine Finger drehten unermüdlich an der Kurbel seines in die Jahre gekommenen Instruments. Immer wieder erklang daraus dieselbe Melodie – „Morgen, Kinder, wird's was geben" –, holprig, blechern und doch voller Beharrlichkeit, als wollte der alte Kasten trotzig gegen den Regen ansingen.

Eva blieb stehen. Ihre Lippen waren blau vor Kälte. Der hochgeschlagene Mantelkragen verlieh ihrer schmalen Gestalt einen Hauch von Zerbrechlichkeit und an ihrem dünnen Körper klebten die nassen Kleider wie eine zweite Haut.

Nachdenklich blieben ihre Augen auf dem Spielmann haften, und sie dachte: Der Leierkastenmann hat wenigstens den Mut, hinaus auf die Straße zu gehen, und bekommt dafür hin und wieder ein freundliches Lächeln.

Einen Moment lang beneidete Eva diesen hoffnungsvollen Musiker. Vielleicht wartete eine kleine Familie auf ihn? Frau und Kinder, die sich freuten, wenn er mit ein paar Cent zurückkam und Weihnachten mit ihnen feierte.

Mit Wehmut beobachtete sie auf der anderen Straßenseite, wie ein junger Mann beschützend den Arm um seine Begleiterin legt. Ein älterer Herr eilte hastig zum Juwelier, um ein Päckchen abzuholen. Eine Mutter mit ihrer Tochter, beide schwer mit Taschen beladen, kamen aus einem Sportgeschäft.

Plötzliche Einsamkeit überfiel Eva. Sie hatte weder ein Geschenk noch konnte sie sich auf diesen besonderen Abend freuen. Dabei hätte sie sich zu gerne selbst auch ein Weihnachtsgeschenk gegönnt, wenn sie sich schon keinen Weihnachtsbaum leisten konnte.

Wie sollte das gehen? Bis zum Monatsende waren es noch sieben Tage und der Kühlschrank war fast leer.

Der Regen klatschte mit seiner ganzen Gewalt gegen die dekorierten Schaufenster, und aus einer verstopften Dachrinne schwappte in breiten Zungen das Wasser über. Um dem Schwall auszuweichen, flüchtete sich Eva unter ein Vordach eines kleinen Geschenkeladens.

Neugierig, mit fast kindlichem Ausdruck, entdeckte sie unter der weihnachtlich dekorierten Auslage einen kleinen Harlekin. Zwischen dem vielen Gold und Silber wirkte der kleine Kerl verloren. So, als hätte man ihn in eine falsche Welt gesetzt. Eva konnte ihren Blick nicht mehr von den traurigen Augen dieses kleinen Mannes lassen. Um den Preis zu erkennen, drückte sie ihre Nase gegen das angelaufene Fensterglas. 18,90 Euro stand auf dem kleinen Schild. Enttäuscht senkte sie ihren Blick und bemerkte dabei nicht die Frau, die sie vom Inneren des Geschäfts aus beobachtete. Die Ladnerin öffnete die Tür: „Kann ich Ihnen helfen?“

„Nein ... ich ... ich wollte nur wissen, was der kleine Harlekin kostet“, gab Eva verlegen zur Antwort.

„Möchten Sie ihn kaufen?“, fragte die Ladnerin.

„Kaufen? Nein." Eva schüttelte energisch den Kopf. Sie konnte der Dame doch nicht sagen, dass sie für den restlichen Monat keine zwanzig Euro mehr in der Tasche hatte. Gedanken überschlugen sich in ihrem Kopf – und die Situation wurde für Eva so unangenehm, dass sich ihr Gesicht dunkelrot färbte.

Trotz des unerträglichen Moments konnte sie den Blick von dem Harlekin nicht abwenden und fühlte sich ertappt, als die Frau freundlich nachfragte: „Ist Ihnen Finn zu teuer?"

„Wer ist denn Finn?", fragte Eva verwirrt.

„Der kleine Harlekin. Wir nennen ihn Finn", lächelte die Laderin.

Eva's Augen wanderten zwischen dem Harlekin und der Dame hin und her. Finn hieß er also. „Das passt zu ihm", murmelte Eva kaum hörbar.

Mit geschultem Blick erkannte die Verkäuferin, dass Eva in ihrem triefenden, durchnässten Mantel eine Frau war, die im Moment vielleicht nur knapp bei Kasse war, oder auf Weihnachten bereits zu viel Geld ausgegeben hatte.

„Geben Sie Finn doch eine Chance! Er hat es verdient", sagte sie. „Es ist Weihnachten. Ich gebe Ihnen den kleinen Mann für zehn Euro."

Ein Lächeln huschte über Evas Gesicht, und ein Zucken ihrer Lippen verriet ihre Freude. „In Ordnung", erwiderte Eva.

Überrascht über sich selbst, folgte sie der Verkäuferin in den Laden, und in keiner Sekunde kamen Zweifel über ihre schnelle Entscheidung hoch.

Mit sicherem Griff holte die tüchtige Geschäftsfrau den Harlekin aus der Auslage und streckte ihn Eva freudig entgegen.

Finn blickte Eva in die Augen, als wollte er sagen: „Bitte nimm mich mit nach Hause."

Eva wurde plötzlich bewusst, wie sehr sie dieser kleine Kerl an sie selbst erinnerte und er genauso wenig in diese Glitzerwelt passte, wie sie. Auch wenn sie drei Wochen nichts zu essen hätte, wurde ihr bewusst, Finn gehört zu ihr.

Zu ihr, in ihre kleine Welt.

Entschlossen nickte sie der Verkäuferin zu: „Bitte packen Sie den kleinen Herrn als Geschenk ein."

Kurz darauf nahm Eva ihren Finn entgegen, legte zehn Euro auf den Tresen und verließ in bester Laune das Geschäft.

Der Regen hatte inzwischen nachgelassen und aus den Wassertropfen wurden dünne Schneeflocken.

Eva griff in ihre Tasche und holte die restlichen sieben Euro heraus. „Brot können wir uns noch leisten, wir werden also nicht verhungern", sprach sie mehr zu Finn als zu sich selbst. Und sie spürte, wie die Einsamkeit aus ihr wich, und ging fröhlich in Richtung Bäckerei. Ausgelassen trat sie in das Geschäft.

„Es tut mir leid", empfing sie der Bäcker, bevor sie überhaupt etwas sagen konnte. „Ich habe nur noch diesen kleinen Laib Brot. Ansonsten sind wir restlos ausverkauft."

„Das freut mich für Sie", antwortete sie dem Bäcker. „Dann geben sie mir diesen letzten Laib." Sie kramte das Kleingeld aus ihrer Tasche und legte es in die Geldschale.

Der Bäcker sah auf ihre Finger, dann auf das Geschenk, das sie fest in ihrer Hand hielt, und nickte ihr freundlich zu.

„Heute ist Heiligabend. Ich schenke Ihnen das Brot." Er reichte es ihr über die Ladentheke.

„Danke.“ Eva nahm das Brot und freute sich über die Gabe des Bäckers. „Das ist aber nett von Ihnen. Frohe Weihnachten!“

Glücklich verließ sie die Bäckerei und dachte stolz an die paar Euros, die sie trotz ihres großen Einkaufs jetzt noch in der Tasche hatte.

Am Himmel lichteten sich die dunklen Wolken, und die Straßen begannen ein wenig zu dampfen. Die Luft war unbeschreiblich rein.

Heute ist ein außergewöhnlicher Tag, freute sich Eva.

Hinter den Fenstern leuchteten festlich geschmückte Christbäume, und aus manchen Häusern erklangen bereits weihnachtliche Töne.

Als Eva nach einem langen Fußweg zu Hause in ihrer kleinen Wohnung ankam, holte sie eine dicke rote Kerze aus dem Schrank, stellte sie auf den Tisch und zündete sie an.

Mit leuchtenden Augen packte sie ihr Geschenk aus, horchte versonnen den Klängen aus dem Radio und sang für sich und Finn, in Gedanken an ihre verstorbene Mutter, das Lied „Heilige Nacht ...“

Glücklich und zufrieden war sie mit Finn, dem Harlekin, und dem kleinen Laib Brot.

Eine Adventsgeschichte aus meinem Leben

Ein alter Stall. Kein feines Theaterhaus. Keine samtbezogenen Stühle. Und schon gar kein festlich beheiztes Festspielhaus.

Es war ein in die Jahre gekommener Stadel, – eine Scheune, die aus morschen Brettern bestand, nach Heu, feuchtem Fell, warmer Schafwolle und altem Holz roch.

Die Luft war kalt, so kalt, dass man den eigenen Atem wie kleine Wolken vor dem Mund tanzen sah. Leise stiegen sie auf, verloren sich in der Dunkelheit zwischen den spröden Sparren und Bohlen, als wollten sie heimlich lauschen. An den Deckenbalken und den Wänden hingen Spinnweben, die sich wie feine Spitzen über das verwettete Holz legten – so zart, als hätten die Spinnen das ganze Jahr über heimlich Weihnachtsvorhänge gewebt.

Jeder Atemzug wurde zu einem sichtbaren Zeichen der eigenen Lebendigkeit, als ob selbst die Gedanken in dieser Kälte plötzlich Form annähmen. Zwischen den ergrauten Harken, staubigen Milchkannen, und dem schiefen Holzgebälk ruhten alte, verrostete Ketten, mittendrin stand eine Krippe – keine einfache, frisch gezimmerte, sondern ein ausgedienter alter Futtertrog, aus dem früher Schafe und Ziegen genüsslich ihr Heu fraßen.

Jetzt war diese Krippe zum Herzstück der Szenerie geworden. Rostige Nägel hielten die Bretter gerade so zusammen, als ob sie nur darauf warteten, endlich in Würde zusammenbrechen zu können. Doch nun diente dieses grobe bäuerliche Gefäß als sanfte Wiege – gefüllt mit frischem, goldgelbem Stroh, bereit, das göttliche Kind in sich aufzunehmen.

Etwa zweihundertfünfzig Menschen fanden, dicht gedrängt auf den schmalen Holzbänken, Platz.

Mit roten Nasen und großen, glänzenden Augen saßen viele Kinder in den vorderen Reihen. Dahinter die Erwachsenen, in dicken Jacken und Mänteln gepackt.

Wenn jemand fror – und das taten sie alle –, so rückten sie noch enger zusammen und pusteten die Kälte so gut es ging aus ihren Lungen in die frostige Luft hinaus.

Die Erzähler Otti und Hugo taten mir immer besonders leid. Sie saßen vorn auf harten Holzstühlen, den Text vor sich auf dem Tisch liegend, die Brillen auf den Nasenspitzen, Hut oder Mütze tief ins Gesicht gezogen.

Manchmal war es ihnen so kalt, dass Christa, die Gastgeberin, für die älteren Herren oft gleich drei Wärmflaschen bereithalten musste: eine für den Rücken, eine auf den Schoß und eine, gut versteckt unter dem Stroh, für die Füße. Auf alle Fälle so platziert, dass es für das Publikum nicht sichtbar war.

Ringsum dampfte es aus den Mäulern der Tiere: der Ochse Franz, der Esel Gustl, das Kamel Elliot und die drei Schafe Erna, Irmi und Lina, die zur allgemeinen Belustigung des Publikums und der Darsteller während der Aufführungen öfter aus dem Gatter ausbrachen.

Das Kamel Elliot stand bei den Proben in der Ecke, kaute seelenruhig an einem Heubüschel und beobachtete das Treiben mit einer stoischen Ruhe, als wollte es denken:

„Also bitte, ich muss später mit Würde einmarschieren, reißt euch mal zusammen!"

Jedes Jahr spielte ein junges Paar aus dem Dorf Maria und Josef, mit einem echten Baby in der Krippe, still und rosig, eingewickelt in Windeln und auf Stroh gebettet.

Unter den Hirten war auch mein sechsjähriger Enkelsohn Justin. Seine Aufgabe bestand darin, während der Szene ein Stück Holz zu schnitzen. Er war dabei so wild und freudig mit dem Schnitzmesser zugange, dass ich mich kaum noch auf das Spiel konzentrieren konnte. In meiner Vorstellung flogen längst nicht mehr nur die Holzspäne durch die Luft, sondern gleich sein ganzer Finger hinterher.

Jede Probe war für mich ein einziger Nervenkitzel. Zwischen dem Meckern der Schafe, dem Schnauben des Esels Gustl, der an seinem Platz sogar eine

Matratze bekam, damit seine störrischen Hufschläge nicht so laut durch den Stall hallten, und dem friedlich dösenden Ochsen Franz, der jedes Mal die gesamte Vorstellung verschlief und kaum sichtbar war, aber mit seinem Schnarchen den Erzähler beinahe übertönte, war ich ständig in Alarmbereitschaft.

Ja, die Proben waren ein eigenes Kapitel. So schön die Inszenierung auch gelang, so kalt war es dort. Kalt wie ein vergessener Schneeball im Brunnen. Kalt wie der letzte Zipfel eines gefrorenen Schals im Wind.

Nur selten wärmte ein Gasofen den großen Raum. Die Mitwirkenden waren in dicke Winterjacken gepackt. Otti balancierte seine Wärmflaschen auf den Knien hin und her. Der Stall wurde nämlich immer erst am Tag der ersten Vorführung richtig vorgewärmt. Trotzdem reichte es nie ganz – der Atem hing stets wie ein weißer Schleier zwischen den Balken.

Doch, ein Gedanke hielt mich warm: Mein großer Wunsch, am Ende der Aufführung gemeinsam, mit dem Publikum das Lied „Stille Nacht" zu singen. Für mich war dieses Lied nicht nur ein Weihnachtslied – sondern: Das Lied.

Es war der Moment, an dem alles still wurde, die Herzen weich, die Augen glänzend und selbst die Tiere im Stall für einen Atemzug lang innehielten.

Ich war fest davon überzeugt: „Stille Nacht" gehörte zu Weihnachten wie die Krippe zum Kind. Es war das Lied, das einsame Menschen tröstete, alle miteinander verband, das einen in die Kindheit und in ein friedliches Christfest trug.

Doch je mehr ich von meiner Idee sprach, desto größer wurden die Widerstände. Die Mitwirkenden, vor allem die Einheimischen, waren empört: „Stille Nacht darf vor dem Heiligen Abend nicht gesungen werden!", bestimmten sie.

Als wäre das nicht genug, mischte sich auch noch der hiesige Pfarrer ein. Er war schon empört darüber, dass wir überhaupt am ersten Advent bereits die Geburt Christi spielten.

„Das geht überhaupt nicht!“, wetterte er. „Die Geburt des Herrn wird frühestens am Heiligen Abend gezeigt!

Und dann auch noch 'Stille Nacht'!

Das darf nur in der Christmette gesungen werden, sonst verliert es seinen heiligen Glanz!“

Ich versuchte zu erklären, zu bitten, zu überzeugen – nichts half. Alle Argumente wurden in den Wind geschlagen. Jeder Probenabend endete in Diskussionen, Kopfschütteln und hitzigen Flüsterrunden hinter der Bühne.

Otti, mein treuer Erzähler, der auch mein Mentor war, versuchte zu vermitteln. Doch die Fronten verhärteten sich mehr und mehr. Schließlich war ich so enttäuscht und wütend, dass ich mir dachte: Okay, wenn die Einheimischen nicht wollen, dann singt halt nicht der Chor, sondern ein externer Sänger. Ich werde Fritz buchen!

Gedacht, getan!

So fuhr ich am nächsten Tag in die Nachbarstadt und beauftragte den guten alten Fritz für dieses Krippenspiel. Er hatte eine wunderschöne Bassstimme, so fest und tief, dass sie einem unter die Haut ging. Und ich wollte unbedingt, dass er dieses besondere Lied mit musikalischer Begleitung sang.

So kam es, dass ich zur nächsten Probe mit Fritz im Stall erschien. Alle starrten uns an und murmelten, dass ich es hören konnte:

„Was hat sie jetzt schon wieder vor?“

Ich gab die Anweisung, dass die Musiker aufspielen sollten, und Fritz sollte das Lied anstimmen und vorsingen.

Kaum kamen die ersten Töne aus seiner Kehle, da war es, als ob eine Schranktür knarzte. Fritz schlang sich den Schal, den er immer trug, dreimal um den Hals, klappte die Ohrenschützer seiner Franzosenmütze herunter und zog den Mantel noch enger zu.

Er war erkältet. Das war nicht zu überhören. Aus seiner Kehle kam kein brauchbarer Ton hervor. Der Gesang klang grauenvoll. Es lief allen eiskalt den Rücken runter und die Mitwirkenden hielten den Atem und starrten Fritz dabei wie hypnotisiert an.

Dann brach der gesamte Chor in schallendes Gelächter aus und amüsierte sich köstlich über diese peinliche Situation. Es war wie eine eiskalte Dusche. Fritz und ich fühlten uns vorgeführt und bloßgestellt.

Vor lauter Wut und Zorn riss ich die Leiter, die zum oberen Teil der Musikerbühne führte, um und schrie: „Ihr könnt mich alle mal!“

Wütend stapfte ich mit meinen schweren Winterstiefeln aus dem Stall, stolperte draußen über einen Stuhl – und rutschte zu allem Überfluss auch noch auf einer Eisplatte aus. Da lag ich schließlich, der Länge nach, im weißen, kalten Nichts.

Tränenüberströmt kramte ich nach meinem Autoschlüssel, humpelte zu meinem Auto und fuhr nach Hause. Kaum hatte ich die Haustür geöffnet, fragte mein Mann Peter:

„Wie schaust du denn aus? Was ist denn jetzt schon wieder passiert?“

Ich schimpfte und maulte, schlug die Hände vor das Gesicht, schluchzte und schnaubte – alles gleichzeitig.

Völlig erschöpft ließ ich mich in mein Bett fallen und weinte mich vor Enttäuschung in den Schlaf.

Ich verstand das alles nicht. Ich wollte doch nur allen Besuchern ein gutes Weihnachtsgefühl mit auf den Weg geben.

Menschen, die sonst das Lied „Stille Nacht“ allein vor dem Baum sangen, die einsam waren. Menschen, die spüren sollten, dass Weihnachten mehr ist als Glühwein und Geschenke – ein gemeinsames Atmen, ein gemeinsames Lauschen, ein gemeinsames Fühlen. Ich wollte ihnen das Gefühl schenken, füreinander da zu sein.

Warum diese Ablehnung?

Warum dieser Widerstand?

Wegen einer festgefahrenen alten Tradition, obwohl man Menschen damit glücklich machen konnte?

Das wollte und konnte nicht in meinen Kopf.

Und während ich mich unruhig, enttäuscht und verbittert in den Schlaf wälzte, begann Otti, mein treuer Erzähler, heimlich an einem ganz besonderen Plan zu arbeiten ...

Was ich in jener Nacht nicht wusste: Otti war so erschüttert über die ganzen Auseinandersetzungen, dass er seinen eigenen Vorsatz, „Stille Nacht“ nur in der Kirche am Heiligen Abend zu singen, über Bord warf.

Gleich nach mir hatte er ohne Worte den Stall verlassen, und war nach Hause gegangen. Ohne lange nachzudenken, hatte er sich an seinen Schreibtisch gesetzt und die ganze Nacht hindurchgearbeitet.

Otti schrieb das Lied „Stille Nacht, heilige Nacht“ in einen vierstimmigen Satz um – eine feine, bewegende Bearbeitung.

Am nächsten Morgen informierte er – ohne mein Wissen – die Jodler-Gruppe und bestellte sie zur Besprechung in den „Sunnewirt“ ein, der jahrelang unser geselliger Treffpunkt nach den Proben und den Aufführungen war.

Stundenlang wurde dann mit Otti als Chorleiter, im Schwimmbad des Hotels zwischen gefliesten Wänden und Duschen geprobt. In den kahlen

Räumen schallte das Lied so glockenhell und klar, dass fast das Wasser stillzustehen schien.

Widerspruch? Das gab es gegenüber Otti nicht, das ließ der Respekt vor seinem hohen Alter und seinem Wissen über Musik erst gar nicht zu.

So übten sie heimlich, lachten, froren, hatten kalte Füße – aber sie hielten zusammen – und dicht.

Otti wollte mir ein Geschenk machen. Ein Zeichen setzen. Zeigen, wie einfach es ist, Frieden zu schließen, wenn jeder ein wenig nachgibt. Und es sollte eine Überraschung werden.

Am Abend der ersten Aufführung geschah es dann: Nach dem letzten Satz, als die Heiligen Drei Könige hoch zu Kamel den Stall betraten, die Feuerstelle passierten und schließlich vor der Krippe niederknieten, verstummte plötzlich alles.

Dann, – ganz leise – hob Otti den Finger. Erst begann eine Stimme, dann zwei, dann alle: „Stille Nacht, heilige Nacht ...“

Ich war so überwältigt, dass ich nicht wusste, ob ich nun lachen, weinen oder direkt davonlaufen sollte. Im ersten Moment konnte ich mich kaum freuen, es kam so spontan, so ungeplant.

Aber es geschah.

Die Gäste erhoben sich, viele der Besucher hatten Tränen in den Augen, und zum Schluss sangen alle gemeinsam, so, wie ich es mir immer gewünscht hatte.

Es war, als ob sich in diesem Moment alle Mauern lösten und alle Herzen gleichzeitig aufgingen.

Die Heiligen Drei Könige legten ihre Gaben nieder, der Esel Gustl schnaubte sanft, das Kamel Elliot kaute in aller Ruhe am Heu aus der Krippe und die Schafe lagen gemütlich beieinander, als würde die ganze Welt schlafen.

„Die alpenländische Stallweihnacht" war in diesem Augenblick mehr als nur eine Inszenierung. Es war Weihnachten.

Das echte, ehrliche, pure Weihnachten. Das Weihnachten, das uns mitten ins Herz trifft.

Stille Nacht, heilige Nacht!

Stille Nacht, heilige Nacht!
Alles schläft, einsam wacht.
Nur das traute, hochheilige Paar.
Holder Knabe im lockigen Haar.
Schlaf in himmlischer Ruh,
Schlaf in himmlischer Ruh.

Stille Nacht, heilige Nacht!
Gottes Sohn, o wie lacht
Lieb aus deinem göttlichen Mund,
da uns schlägt die rettende Stund,
Christ, in deiner Geburt,
Christ in deiner Geburt.

Stille Nacht, heilige Nacht.
Hirten erst kundgemacht
Durch der Engel Halleluja
Tönt es laut von fern und nah:
Christ der Retter, ist da,
Christ der Retter, ist da.

Die Schachtel

Im verschneiten Allgäu, wo die Berge wie mit Puderzucker bestäubt aussahen und die Dorfgassen von funkelnden Lichtern erhellt wurden, bereitete sich das kleine Bergdorf auf Weihnachten vor. Elfi und ihre Tochter Nina saßen gemütlich in der warmen Stube, während draußen dicke Schneeflocken vom Himmel fielen.

Dieses Jahr war ein besonderes Weihnachten. Alfred, Elfis Sohn, kam aus Los Angeles zu Besuch – und brachte seine frisch angetraute Ehefrau mit.

Für die Amerikanerin, in der kalifornischen Großstadt aufgewachsen, war es das erste Mal, dass sie ein solch verschneites Weihnachtsfest erleben durfte.

Die Vorfreude war groß. Elfi wollte der jungen Frau ein schönes Geschenk machen. Gemeinsam überlegten sie, was passend für das neue Familienmitglied wäre. Nina wusste von Alfi – so nannte sie ihren Bruder von klein auf liebevoll, dass seine Frau Mary das Weihnachtsmärchen „Der Grinch" liebte. Vergangene Woche hatten sie glücklicherweise eine wunderschön illustrierte Ausgabe im Fenster ihrer örtlichen Buchhandlung entdeckt.

Mit Freude gingen Mutter und Tochter zu dem Buchladen, kauften die Ausgabe auf deutsch und baten den Händler, das Buch einzupacken.

Kurz vor dem Fest holte Nina die Geschenkschachtel ab, die bereits in schönes pastellfarbenes Weihnachtspapier mit einer großen Schleife eingewickelt war.

Am Weihnachtsabend saß die Familie im gemütlichen, weihnachtlich geschmückten Wohnzimmer beisammen. Der Duft der frisch geschlagenen Tanne, der selbst gebackenen Plätzchen und des würzigen Punschs zog durch das ganze Haus.

Draußen glitzerte der Schnee im Mondlicht, und vor dem Fenster stand der lustige Schneemann, der von Ninas Sohn, seinem Papa und dem lustigen Onkel Alfi aus den USA gemeinsam gebaut worden war.

Die Geschenke lagen liebevoll verpackt unter dem Weihnachtsbaum. Eine alte Tradition in der Familie bestimmte, dass immer nur ein Päckchen ausgepackt werden durfte, während die anderen zuschauten. Schließlich war Mary an der Reihe. Elfi war schon ganz aufgeregt, was sie wohl zu dem Geschenk sagen würde.

Mit einem freudigen Lächeln nahm Mary die Geschenkschachtel von Nina entgegen und begann, die Schleife zu lösen. Doch kaum hatte sie das Papier sorgfältig entfernt, blieb ihr Blick an dem Karton hängen. Ihre Augen wurden groß, und ein verwirrter Ausdruck schlich sich auf ihr Gesicht. Auf dem Karton war das Bild einer Sauerstoffmaske gegen Schlafapnoe abgebildet.

Mary spürte, wie ihr Puls schneller wurde. „Ähm ...“, begann sie, während sie versuchte, die Situation einzuordnen. Was war das denn? „Schnarche ich, und keiner hat es mir gesagt? Ist das eine deutsche Tradition? Oder vielleicht ein Missverständnis?“

Ihre Mundwinkel zitterten leicht, und sie zwang sich, zu lächeln. Um Zeit zu gewinnen, legte sie das Paket kurzerhand zur Seite und griff nach dem nächsten Geschenk. „Vielleicht mache ich jetzt erst mal das hier auf!"

Alfi bemerkte ihre Verwirrung und schmunzelte. „Mary, du musst das Geschenk schon ganz auspacken."

Zögernd nahm Mary das Paket zur Hand und öffnete den Karton. Langsam, sehr langsam, hob sie die erste Lage Papier an. Doch statt der erwarteten Atemmaske oder einer anderen Überrachung fand sie ... nichts. Der Karton war leer.

Mary starrte ins Leere. Ihre Mundwinkel senkten sich endgültig, und für einen Moment wusste sie nicht, ob sie lachen oder weinen sollte.

Um die peinliche Stille zu überspielen, begann Alfi, herzhaft und etwas gezwungen zu lachen. „Eine leere Schachtel! Das ist deutsche Weihnachtskunst, Mary" „Very nice German Christmas art!", wiederholte er in Marys Sprache.

Jetzt sahen auch die anderen, dass in dem Päckchen gar nichts drin war. „Oh nein, nein! Wo ist das Buch?", rief Elfi peinlich berührt.

„Welches Buch?", fragte Alfi.

„Der Buchhändler muss vergessen haben, es hineinzulegen!"

Alfi übersetzte und Mary brach in ein erleichtertes Lachen aus. Die gesamte Familie stimmte ein, während Elfi vor Scham rote Ohren bekam. Mary hatte vor Lachen Tränen in den Augen. „One thing is for sure: I will never forget this Christmas!"

„Eines ist sicher: Ich werde dieses Weihnachten nie vergessen!", übersetzte Alfi mit einem Augenzwinkern.

Zwei Tage nach Weihnachten stapfte Elfi durch den knirschenden Schnee zur Hauptstraße hinunter. Die Sonne blinzelte durch die Nebelschwaden, die wie Watte über den Dächern lagen. In dem Fenster des kleinen Buchladens hingen immer noch die goldenen Sterne, die Nina so bewundert hatte.

Drinnen roch es nach Papier, Bienenwachskerzen und auch ein wenig nach Zimt – eine Mischung, die Elfi schon als Kind geliebt hatte. Sie trat ein, zog die dicken Handschuhe aus und nickte dem älteren Herrn hinter dem Tresen zu. „Grüß Gott, Herr Strobel."

„Ah, Frau Elfi! Frohe Weihnachten noch! Und? Hat ihrer Schwiegertochter das Geschenk gefallen?"

Elfi zögerte einen Moment. Dann holte sie Luft. „Ja, also ... gefallen schon – irgendwie. Aber ... es war leer."

„Leer?" Herr Strobel schob seine Brille höher und blinzelte.

„Wie – leer... ?"

„Der Karton. Da war gar nix drin. Und außen drauf ... stand was von Schlafapnoe."

Einen Moment lang war es still im Laden. Dann sprang der Buchhändler wie ein erschrockener Gockel auf, nestelte unter der Theke in einem Notizbuch und murmelte:

„Nein ... nein, nein, das darf doch nicht wahr sein ... Ach du heiliger Birnbaum!" Er hob den Kopf, sah Elfi beschämt an – und schlug sich mit dem Handballen an die Stirn. „Ich bin doch ein Esel!"

„Ach was", meinte Elfi versöhnlich, „ich habe eher an ein Missverständnis gedacht."

„Missverständnis ist gut! Frau Huber hatte eine Schlafmaske bei mir bestellt – samt Atemhilfe. Der Karton kam an, aber das Gerät nicht. Ich habe den leeren Karton auf den Ladentisch gestellt, damit ich ihn zurückschicke ... Und dann, dann kam Ihre Tochter mit dem Grinch Buch."

„Genau. Und wollte es einpacken lassen. Meine Aushilfe, Pia, ein liebes Mädel, aber... na ja, ...sie wissen ja, wie die jungen Mädels manchmal sind. Wir waren ja auch mal jung! Dann muss sie wohl den Schlafmaskenkarton eingepackt haben, und das Buch steht dann sicher immer noch hinten im Regal – originalverpackt. ... Mit der pastellfarbenen Schleife, wie Ihre Tochter es bestellt hatte."

Elfi musste lachte, erst verhalten, dann lauter. „Wissen Sie, Herr Strobel – Mary hatte kurz gedacht, das wäre ein deutscher Brauch. Leere Kartons mit medizinischem Aufdruck."

Jetzt prustete auch der Buchhändler los. „Ach, herrje, das ist aber peinlich. Ich bring Ihnen das Buch nachher persönlich vorbei. Und dazu – hören sie gut zu – bringe ich Ihnen den guten Stollen von meiner Frau mit. Den besten weit und breit. Als Wiedergutmachung."

„Danke. Das wäre wirklich ..."

„Und ich schreib eine kleine Karte dazu: Diesmal ist wirklich etwas drin. Versprochen!"

Später am Nachmittag saß Mary mit einer dampfenden Tasse Punsch im Wohnzimmer und erzählte ihrer Mutter per Videotelefon von ihrem allerersten deutschen Weihnachten.

„Mom, you won't believe it! They gave me a box with a breathing mask for sleep apnea. On Christmas Eve! I thought it was a joke, or maybe a message."

Am anderen Ende prustete ihre Mutter los.

„And then ... the box was empty.“

„EMPTY?“

„Yes. I thought ... maybe a German tradition. Like, here is your future. Welcome to the family!“

Sie lachten beide Tränen, als Mary von dem Klingeln an der Haustüre unterbrochen wurde.

Draußen stand Herr Strobel, mit dem selbstgemachten Stollen und dem schön verpackten Buch unterm Arm. „Ich bringe Buße“, sagte er und trat mit seiner schief sitzenden Mütze auf dem Kopf ein.

Mary sah ihn an, als sei ihr ein Weihnachtswichtel erschienen.

„Das Buch ist angekommen“, verkündet Elfi feierlich.

Mary nahm das Päckchen entgegen, las die Karte in Deutsch laut vor: „Dies ...mal ist wirklich etwas drin.“

Dann sah sie Elfi an, als wollte sie sagen: „Dieses Mal ist sogar ein Stück Heimat dabei.“

Kapitel 1 bis Kapitel 10

Die Taubenfrau

Das namenlose Schneeflöckchen
Kapitel 1

Ein Schneeflöckchen. Klein, zart, zerbrechlich. Im Gegensatz zu seinen Schwestern und Brüdern, die mit Freude und Leichtigkeit durch die Lüfte tanzten, Kreise zogen und lachend ihren Weg zur Erde nahmen, verlor das Flöckchen jedes Mal vor der Landung den Mut.

„Du bist zu weich!", lachte Bruder Frostzahn.

„Du hast keinen Mut!", neckte Schwester Hochmut.

„Du wirst niemals einen Namen tragen!", spottete Blankeis.

Egal, wie oft sich das Flöckchen wieder und wieder zu einem Eiskristall formte – es war immer dasselbe Spiel: Kurz vor seiner Ankunft auf der Erde bekam es jedes Mal eine solche Panik, dass es sich schon während des Fliegens zurück in einen traurigen Wasserzipfel verwandelte. So mutlos, wie es war, blieb es namenlos. Denn nur wer die Erde erreichte, durfte einen Namen tragen.

Oben am Himmelstor stand Petrus. Seit Tagen beobachtete er das zaghafte Flöckchen besorgt. „Wie kann ich es nur stärken?", fragte er sich. „Wie kann ich ihm Mut schenken?" Nach einiger Zeit rief er das Flöckchen zu sich. „Wenn du nicht landest wie deine Geschwister und die anderen, dann musst du auf eine andere Weise leuchten. Du hast ein weiches Herz. Du besitzt die Gabe, andere Herzen zum Leuchten zu bringen."

Das Flöckchen starrte ihn an und fragte überrascht: „Ich? Ich habe eine Gabe? Aber ... wie soll ich Herzen zum Leuchten bringen? Ich! Warum ausgerechnet ich? Wo ich doch nur ein unbedeutendes, mutloses Eiskristall bin."

Petrus überhörte diese Fragen. „Ich habe eine Aufgabe für dich. Du wirst nicht wie deine Schwestern und Brüder auf der Erde Schneeberge schaffen und dich als Unterlage für den Wintersport der Menschen hergeben. Deine Aufgabe ist größer. Du wirst Herzen öffnen und sie berühren! Du wirst etwas in Bewegung bringen, das größer ist als du selbst. Aber dazu brauchst du Mut. Viel Mut.

Den Mut, kalt zu bleiben, auch wenn du dich auflösen möchtest.

Den Mut, dort zu bleiben, auch wenn du wegwillst.

Hast du gehört, was ich gesagt habe?“

Aus Angst, etwas Falsches zu sagen, wagte das Flöckchen noch nicht einmal zu antworten. Es dachte nur bei sich:

Ja. Ich bleibe kalt. Ich schaffe das. Lass mich mutig sein.

Da spürte es mit einem Mal, wie die Kälte zurückkehrte und es sanft umschloss, und sich wie ein zarter Frosthauch um es legte. Die altbekannte Angst war sogleich zur Stelle aber der Mut in ihm wuchs.

Petrus bemerkte, wie sehr es in dem Flöckchen arbeitete, er sah, wie es kämpfte. Doch unbeirrt

fuhr er fort: „Dort unten, tief im Tal, da wartet jemand, der längst verlernt hat, an das Gute zu glauben. Dorthin wird dein Weg dich führen. Zu einer Frau mit einem roten Schal. Sie trägt in sich eine alte Schuld und wartet, ohne es zu wissen, auf ein Wunder, das sie entlasten möge. Berühre ihr Herz und erlöse sie von ihrer Schmach."

Das Flöckchen nickte Petrus vor Ehrfurcht zitternd zu. „Und wenn du deine Aufgabe erfüllt hast – wenn du geblieben bist, obwohl du fliehen wolltest, wenn du die Berührung wagst, obwohl du so klein bist –, dann kommst du zurück. Dann bekommst du einen Namen. Deinen eigenen Namen. Einen Namen, der dir für immer Mut schenken wird."

Freude überkam das zarte Flöckchen. Einen Namen soll ich bekommen ... Einen eigenen Namen! Nie wieder wird man sich über mich lustig machen. Nie wieder wird man mich verspotten! Dieser eine Satz – dieses Versprechen aus Petrus' Mund – klang in Flöckchens Ohren wie die schönste Melodie. Denn in dieser Melodie spürte es zum ersten Mal ein Heimkommen.

„Hast du verstanden, was ich dir gesagt habe?", rief Petrus es aus seinen Gedanken zurück. „Bist du bereit?"

Das kleine Kristallsternchen nickte und nickte und nickte ... Und in diesem Nicken lag bereits all das, was es brauchte:

... Mut.

... Vertrauen.

... Zuversicht.

... Nachhausekommen.

Das Flöckchen nahm noch einen tiefen Atemzug, dann legte es sich kühn in den Wind und machte sich auf den Weg ins Tal.

Unter der alten Eiche

Kapitel 2

An diesem Morgen wachte Viktoria ungewöhnlich früh auf. Viel früher als sonst. Irgendetwas ist heute anders, dachte sie, während sie am kleinen abgenutzten Waschbecken ihres Zimmers stand und sich die Zähne putzte.

In der Küche saß der Mann, bei dem sie seit einigen Monaten wohnte. Wie jeden Tag hatte er seinen festen Platz am Tisch eingenommen und würdigte Viktoria keines Blickes, als sie den Raum betrat.

„Morgen", kam es knapp über seine Lippen, so leise, dass es ebenso gut das Knarzen des alten Stuhls hätte sein können, auf dem er saß. „Guten Morgen", erwiderte sie.

Auch wenn sie nicht viele Worte wechselten, so war Viktoria dem Alten doch dankbar. Ohne eine einzige Nachfrage hatte er ihr die scheinbar unbewohnte, muffige Kammer unter dem windschiefen Dach seines stark in die Jahre gekommenen Hauses überlassen, nachdem sie an seiner Haustüre geklopft hatte. Der zerfaserte Firstbalken und der abgeblätterte Wandputz zeigten, dass dieses Gebäude schon bessere Zeiten gesehen hatte.

Sie aber hatte keine Wahl, denn sie war völlig mittellos und dankbar für die vorrübergehende Bleibe.

Alles, was er im Gegenzug verlangte, war, dass sie sich um seine Ziegen, Hühner und den alten Hund Ben kümmerte. Wenn sie außerdem im Haushalt mithalf, durfte sie bleiben und musste sich auch um das Essen keine Sorgen machen.

Für Viktoria war das mehr, als sie erwartet hatte, war sie doch nach so vielen Jahren in die Nähe ihrer Vergangenheit zurückgekehrt.

Sie füllte den Wassereimer für die Ziegen und schnappte sich den Körnersack für die Hühner. Wie jeden Morgen, ging sie pflichtbewusst ihrer Arbeit nach, wobei sie dem dösenden Hund einen kurzen Blick zu warf, doch Ben tat so, als hätte er sie überhaupt nicht vermisst.

Nachdem sie ihre morgendlichen Pflicht nachgegangen war, legte sie sich ihren roten Schal um und trat grußlos in die Kälte hinaus. Es war erst kurz vor sechs. Klammer Nebel lag flach über den Wiesen. Der erste Linienbus keuchte die schmale Straße herauf. Viktoria hob die Hand und der Fahrer brachte sein Gefährt zum Stehen, damit sie einsteigen konnte.

Beschlagene Scheiben, ein gleichmäßiges Brummen ... Felder glitten an Viktorias Augen vorüber ...ein Gehöft, der Gebirgsbach und die Kurve den Berg hinauf.

An der zweiten Haltestelle im Ort stieg Viktoria aus. Sie ging am Verkehrsbüro vorbei, durchquerte den Innenhof am Busparkplatz und schlug den Weg zum Schlossplatz ein, der hinter dem Rathaus lag. Die schmalen Gassen waren noch menschenleer. Allein ihre Schritte waren zu hören.

Die Türe an der Bäckerei stand bereits einen Spalt breit offen. Der verlockende Duft frisch gebackener Brötchen strömte aus der Backstube und vermischte sich mit dem Zigarettenrauch zweier Mitarbeiter, die schweigend vor der Türe standen und aus ihren Mündern genüsslich kleine Rauchwolkenkringel in die Morgenluft entließen.

Hinter zwei Fenstern des Rathauses brannte bereits Licht. Fröstelnd zog Viktoria ihren alten, zerschlissenen Wollschal bis zum Kinn. Ihre rissigen Finger umklammerten ihn, als könnte er ihr Halt geben. Für sie war dieser Schal nicht bloß ein Kleidungsstück. Er verkörperte viel mehr als nur eine Erinnerung. Er war ein letztes Festhalten an etwas Verlorenem. Ein Geheimnis, von dem sie glaubte, dass nur sie es kannte.

Viktoria setzte sich wie jeden Tag auf die abgewetterte Holzbank an der alten Eiche. Ein erstes rascheln unter der Bank, ließ sie wissen, dass sie bereits erwartet wurde. Erst kam ein Flügel, dann der zweite. Ein leichtes Kratzen von Krallen auf Stein, und schon kamen sie aus allen Richtungen auf sie zugeflogen. Sie wusste, dass die Tauben nie alle auf einmal kamen; bevor sie sich bedenkenlos auf ihr Futter stürzten, prüften sie, ob die Welt noch dieselbe war wie gestern.

Viktoria fischte das Säckchen mit den Krümeln für die Tauben aus ihrer Tasche und begann den Brotsamen auszustreuen. Nicht viele. Nur so viele, dass das Ankommen der Tiere möglich war.

Heute jedoch war alles anders. Etwas schien die Tauben zurückzuhalten. Leise trommelte Viktoria mit den Fingern auf das raschelnde Papier, in dem sie das Futter aufbewahrte. Doch das brachte nichts. Behutsam streute sie eine weitere Handvoll der Bröckchen aus. Wieder nichts. Die Tauben kamen zwar einen Schritt näher, tapsten dann aber urplötzlich wieder zurück.

Viktoria sah sich prüfend um, doch da war nichts Auffälliges zu entdecken. Zu hören war nur das abfällige Geschnatter zweier Stimmen:

„Da hockt sie wieder!“, echauffierte sich die eine. „Wer?“, wollte die andere wissen. „Na, die Taubenfrau, die, die bei dem alten Griesgram im vorderen Dorf wohnt.“ „Ach ja, die! Das ist doch die, die mit ihrem Gefüttere der Tauben und das ganze Ungeziefer in unser Dorf zieht. Das ist wirklich eine Sauerei.“ „Die Tauben verschmutzen und verkacken alles.“ „Und sie sieht aus wie eine Obdachlose. Solch ein Gesindel können wir doch nicht dulden.“

Die andere fiel ihr ins Wort: „Und stell dir vor: Manche freuen sich auch noch über sie! Nur, weil sie ein paar neugierige Touristen auf den Schlossplatz lockt.“ „Die Kinder nennen sie ‚die Taubenfrau‘ und finden sie cool. Pah!“ „Aber es gibt auch viele im Dorf, die nur darauf warten, dass der Bürgermeister endlich jemanden vom Ordnungsamt vorbeischickt, der eingreift und die Fremde des Platzes verweist. Nur ist bislang nichts dergleichen geschehen. Weder von der Verwaltung noch durch sonst wen ...“

Dann verklangen die bösen Stimmen der zwei Klatschtanten, die wohl um die Ecke gestanden und die Köpfe zusammengesteckt hatten. Und so musste Viktoria den Rest ihrer feindseligen Unterhaltung nicht mehr mitanhören. Die Taubenfrau ließ sich von den niederträchtigen Worten der zwei Schwatzbasen nicht beirren. Wenn jemand in ihre Nähe kam und sie wie eine Außerirdische anstarrte, senkte sie sofort den Blick und fütterte die Tauben weiter, als würde sie das alles nichts angehen.

Niemand wusste – oder konnte verstehen –, was sie in diesem einsamen Bergdorf am Ende der Alpenwelt wollte. Das Schweigen um die geheimnisvolle Person legte sich wie ein undurchdringbarer Dunst über das gesamte Dorf.

Seit Tagen spürte Viktoria etwas Fremdes. Ungewohntes. Sie fühlte sich beobachtet. Nicht vom Bürgermeister. Nicht vom Ordnungsamt. Nicht von Kindern.

Zum wiederholten Male suchten ihre Augen misstrauisch den Platz ab. Forschend heftete sie ihre Augen an die Fenster der Gebäude gegenüber. Doch nichts war zu sehen oder zu erkennen.

Erst als ihr Blick zum Parkplatz hinüber ging, bemerkte sie zwischen den abgestellten Autos eine einzelne fremde Taube – ein außergewöhnliches Tier. Unter ihrem weißen Gefieder schimmerte ein tief kardinalroter Ton, als brenne in dem Tier ein verborgenes Licht.

Die anderen Vögel verhielten sich–, trotz ihres Hungers, weiterhin zurückhaltend – gerade so, als warteten sie auf die Erlaubnis dieses fremden Vogels.

Der Eindringling thronte stolz, fast majestätisch, auf einem geparkten Fahrzeug und starrte beharrlich zu Viktoria. Er ließ sich durch nichts ablenken. Er war nur auf Viktoria fixiert.

Das Glühen seines dunkelroten Schnabels war bis zur Parkbank zu erkennen. Zwischen seinen knopfrunden Augen zeichnete sich ein markanter schwarzer Fleck ab. Alles an dieser Taube wirkte anders – edler, ernster, geheimnisvoller. Erinnerungen, unangenehme Erinnerungen krochen in Viktoria hoch. Warum nur bin ich in dieses Dorf zurückgekehrt?

Cardea
Kapitel 3

Langsam, Schritt für Schritt, setzte die Taube eine Kralle vor die andere. Nicht flatternd. Nicht hastig. Fast würdevoll näherte sie sich der Bank, auf der Viktoria saß.

Die anderen Tauben wichen zur Seite und machten ohne Gurren und Murren Platz. Manche flatterten in eine entfernte Ecke des Platzes, während andere sich unruhig auf die Dächer zurückzogen. Nur dieses eine Tier bewegte sich direkt auf Viktoria zu.

Kein Laut. Nicht einmal das Rascheln der Flügel oder das Kratzen am Stein waren zu hören. Kein Gurren. Nichts. Nur das Tapsen, dieses eigenartigen Vogels. Und dann dieser Blick der Taube. Wieder dieses leise Klopfen, ein warnender Ton. Ein ungutes Gefühl. Eine Ahnung, die Viktoria sagte, dass das keine zufällige Begegnung war.

Ihr Körper spannte sich an. Ihre Schultern wurden steif und am liebsten hätte sie den Blick gesenkt, aber die Augen der Taube hielten sie fest. Die Taube kam näher, und in ihrem Blick war zu sehen, dass es mehr war als nur Neugierde.

Schweiß machte sich auf Viktorias Handflächen breit. Verkrampft knüllte sie das Ende ihres Schals zu einem festen Wollknäuel zusammen. Die Taube blieb direkt vor ihr stehen. Viktoria stockte der Atem ... Der schwarze Punkt zwischen den dunklen Augen ... Dieses Gefieder ... Sie hatte es schon einmal gesehen. Erinnerungen kamen hoch. Das konnte nicht sein. Kein Vogel wird so alt.

Viktoria hob die Hand, fuhr mit dem Finger über ihre Nasenspitze und versuchte dadurch die alten Erinnerungen wegzuwischen.

In diesem Moment löste sich vom Himmel eine weiße Spur. Ein einziges Schneeflöckchen, klein und zart, fiel herab und landete federleicht auf dem Kopf der sonderbaren Taube.

Viktoria hörte eine Stimme. Eine Stimme, die sie nicht kannte. Ruhig. Tief. Ernst.

„Du brauchst keine Angst zu haben. Ich habe auf dich gewartet. Lange gewartet. Ich wusste, du kommst zurück!"

Erschrocken blickte sie um sich. Niemand war zu sehen. Nur die Tauben auf den Dächern – und dieses eine Flöckchen auf diesem besonderen Vogelkopf, das sich tapfer hielt, obwohl noch kein Winter war. Was ging hier vor? Viktorias Blick huschte hinüber zu den Rathausfenstern. Alles war still.

Die Taube hob langsam die Flügel und setzte sich mit einem einzigen Flügelschlag auf den Ärmel von Viktorias verschlissenem Mantel.

„Du musst keine Angst haben", sagte die Stimme erneut.

Viktoria brachte erst keinen Ton heraus, dann krächzte sie, als hätte sie einen Stein verschluckt: „Wer bist du? Warum kannst du sprechen?"

„Ich bin Cardea", sagte die Taube. „Ich habe auf dich gewartet."

Viktoria wich zurück, doch der Vogel auf ihrem Arm rührte sich nicht. „Auf mich gewartet? Auf mich, die Taubenfrau? Ich habe nichts. Ich bin nichts."

Cardea senkte den Kopf. „Doch, vor vielen Jahren hattest du etwas Wertvolles."

Da meldete sich das Schneeflöckchen – seine Stimme hauchzart wie das Flirren eines Lichts im Nebel: „Und ich ... ich habe auch lange gewartet, bis Petrus mir eine Aufgabe gab: Ich solle Herzen berühren. Vielleicht auch deins?"

Viktoria betrachtete die Taube an ihrem Ärmel und das Schneeflöckchen auf deren Kopf, das sich trotz milder Herbstluft tapfer hielt. Ihr Herz schlug schneller.

„Herzen berühren?", murmelte sie. „Unsinn. Ein Vogel und eine Schneeflocke, die sprechen ... Das ist doch Quatsch! Und außerdem: Mein Herz, es ist längst versteinert. Das kann schon lange niemand mehr berühren."

Cardea breitete ihre Flügel leicht aus, als wollte sie die Bitterkeit aus der Luft nehmen. „Vergiss nicht", sagte sie leise: „vor vierzig Jahren wähltest du einen Weg, der dich bis heute nicht loslässt."

Viktoria riss die Augen auf. „Schweig!", fauchte sie. Ihre Stimme brach. „Und überhaupt, woher weißt du ..."

Das Schneeflöckchen flackerte auf wie ein kleiner Stern und plapperte mutig dazwischen: „Petrus lehrte mich: Mut bedeutet, das auszusprechen, was verborgen ist."

Von den anderen Tauben war immer noch nichts zu sehen und nichts zu hören. Kein Picken. Kein Schaben. Als hätten alle gespürt, dass hier etwas Größeres vor sich ging.

Einen Moment lang verharrten sie: die Taube mit den roten Federn, das kleine Flöckchen auf ihrem Kopf, das nicht schmolz, und die Frau mit den harten Zügen um die

Mundwinkel, deren Hände sich an den abgetragenen Schal klammerten, als könnte er sie beschützen.

Cardea spannte die Flügel, neigte langsam den Kopf und durchbrach die unerträgliche Stille: „Viktoria ..."

Die Taubenfrau erstarrte. Ihre Augen wurden eng. Ihr Atem ging flach und ihre Lippen bebten.

„Was ... was hast du da gerade gesagt?", fragte sie kaum hörbar.

„Viktoria", wiederholte die Taube. „Das ist doch dein Name, oder?"

Viktorias Herz klopfte bis zum Hals. Seit vierzig Jahren hatte niemand mehr diesen Namen ausgesprochen – nicht einmal sie selbst. Selbst der Alte, bei dem sie wohnte, kannte ihn nicht. „Woher ... weißt du, wie ich heiße?"

Cardea sah sie von der Seite an. „Ich war dabei. Ich musste zusehen, als du die rote Decke in den Korb legtest – die Decke, die aus demselben Garn gestrickt war wie dein Schal, den du seitdem jeden Tag trägst."

Mit aufgerissenen Augen starrte Viktoria die Taube an.

„Ich hatte die Aufgabe, dich zu beschützen und dich von deinem Vorhaben abzuhalten", fuhr Cardea fort. Aber du hast es nicht zugelassen, auf keines meiner Zeichen reagiert. Du wolltest nur noch fliehen und vergessen. Dein Geheimnis hüten, damit über dich und deine Eltern keine Schande käme. Deine Eltern hatten nie überwunden, dass du von einem Tag auf den anderen verschwunden warst. Der Verlust traf sie so hart, dass sie beide im frühen Alter verstarben."

Viktoria presste ihre Lippen derart fest zusammen, bis diese sich bläulich verfärbten. „Warum lässt du mich nicht in Ruhe?", rief sie aufgebracht aus.

„Weil manches nicht ruht, bis es benannt ist“, erwiderte Cardea mit ruhiger Stimme. „Aus Schuld trage ich heute dieses Rot in meinem Federkleid. Es ist dasselbe Rot wie das der Decke. Die Decke, in die du den ...

„Schweig. Sprich nicht weiter“, fuhr Viktoria die Taube unbeherrscht an und senkte sogleich beschämt den Kopf.

„Es ist das Rot unserer Schuld“, beharrt Cardea.

Das Schneeflöckchen hüpfte von Cardeas Kopf und schwebte näher zu Viktoria hin. „Ich bin hier, weil ich nicht länger namenlos sein will. Petrus machte mir Mut. Wenn ich Herzen berühre, bekomme ich endlich meinen eigenen Namen“, und es funkelte dabei wie der Frost im ersten Licht. „Wenn dein Herz sich öffnet, Viktoria“, flüsterte es, „darf auch meines glücklich werden.“

Cardea nickte dem Flöckchen zu: Und das ist es, was uns drei verbindet. Auch ich trage einen Namen, den ich nicht selbst gewählt habe“, sprach sie weiter.

„Cardea. Die Hüterin der Schwelle. Ich stehe an den Türschwellen zwischen dem, was war, und dem, was noch kommt. Zwischen Schuld und Vergebung. Zwischen Gestern und Morgen.“

Viktoria hob den Kopf. Der Schal wog nun noch schwerer um ihrem Hals.

„Und was wollt ihr von mir? Ein Flöckchen, das einen Namen sucht. Eine Taube, die alte Türen öffnet ... und Wunden aufreißt. Was soll ich tun?“

„Nur eins“, sagte das Flöckchen und tanzte einen Atemzug lang vor ihren Augen. „Dass du bleibst, auch wenn du gehen möchtest!“

Viktoria schwieg. Öffnete das Säckchen mit dem Futter und streute mit zittrigen Fingern ein paar Krümel auf den Boden.

Die Tauben warteten mit sicherem Abstand auf Cardeas Zustimmung, ehe sie sich wieder mit großem Eifer und hungrigen Schnäbeln dem Futter entgegenstreckten.

Cardea spannte die Flügel: „Nicht alles heute. Gib dir Zeit!“ Mit einem kräftigen Flügelschlag stieg sie auf und zog sich in die Krone des Eichenbaums zurück.

Für Viktoria ging ein ereignisreicher Tag zu Ende, und ihr war nicht bewusst, wie schnell die Zeit verging. Das geschäftige Treiben im Rathaus war längst verklungen, und im Tal breitete sich die Dunkelheit aus. Trotz Kälte blieb sie noch auf der Bank sitzen. Ihre Finger waren steif, der Schal klamm vom Nebel. Ein leichter Windstoß zog über den Schlossplatz und nahm einige der welken Blätter der alten Eiche mit.

Ihre Gedanken gehörten dem seltsamen Tier. Wer ist sie? Was erwartet sie von mir?

Ihre kalten Finger hielten den Schal so fest umklammert, als könnte er all ihre Fragen beantworten.

Ihr Blick wanderte erst zu den dunklen Fenstern des Rathauses und dann ins Leere. Seltsame Begegnungen, dachte sie und spielte mit dem Gedanken, die Vergangenheit für immer hinter sich zu lassen.

Der Bürgermeister
Kapitel 4

Obwohl die Verwaltung längst geschlossen hatte, brannte im ersten Stock im Büro des Bürgermeisters, immer noch Licht. Zwischen Papierbergen und schiefen Aktenstapeln wollte der Tag für ihn kein Ende nehmen. Jedes Blatt Papier wirkte auf ihn wie ein stummer Vorwurf:

Verschmutzung. Gesundheitsgefahr. Tourismus. Ordnung.

Im Heizkörper knackte es. Herr Leitner stand auf, schob den Stuhl zurück und trat ans Fenster. Unten lag der Schlossplatz, vom Herbstlaub bedeckt. Das fahle Dämmerlicht mischte sich mit dem matten Schein einer Straßenlaterne. Auf der Parkbank unter dem Lampenmast saß noch immer die Frau mit dem roten Schal und fütterte die Tauben.

Der Bürgermeister strich sich müde eine Haarsträhne aus der Stirn. Morgen würde er sie endgültig vom Platz verweisen. Kurz legte er die Stirn an die kühle Scheibe und dachte ... Tauben vertreibt man leichter als Einsamkeit.

Ein Klopfen riss ihn aus seinen Gedanken. „Herr Bürgermeister?“ Die Stimme seiner Cousine, die auch seine Sekretärin war, klang gedämpft. „Ja?“ „Entschuldigung, nur kurz: Gemeinderat Herr Winzer, hat eben angerufen. Er möchte heute noch wissen, wie du morgen vorgehst – ob das Ordnungsamt endlich seine Pflicht erfüllt, und den Aushang an das Schwarze Brett macht.“

Herr Leitner nickte langsam. „Danke, Marga. Bitte sage ihm: Morgen um neun ist Kontrolle und den Aushang prüfe ich selbst noch.“

„Liegt alles auf deinem Tisch“, sagte die Sekretärin freundlich und verabschiedete sich: „Schönen Abend.“

Bevor auch er sich auf den Heimweg machte, blieb er noch für einen Moment am Fenster stehen und beobachtete die Fremde beim Füttern der Tauben.

Warum fällt mir das so schwer? Wick Leitner schüttelte über sich selbst den Kopf, griff nach seinem Mantel, strich die Ärmel glatt, knipste die Schreibtischlampe aus und murmelte: „Morgen ist auch noch ein Tag."

Das Treppenhaus war kühl, die hohen Wände mit dem Kreuzgewölbe wirkten kalt und distanziert.

Als er die Stufen hinunterging, hallte es unter jedem seiner Schritte. Die Kanten waren von der Reinigungskraft blank poliert worden und der Handlauf war vom Alter und den vielen Händen abgewetzt, fast spiegelglatt.

Draußen schlug ihm die feuchte Herbstluft entgegen. Er zog den Kopf ein, klappte den Mantelkragen hoch, holte die Pfeife aus der Tasche und zündete sie sich an. Ein kleiner Funke, dann Rauch. Der Tabakgeruch verteilte sich über den Schlossplatz. Ohne sie eines Blickes zu würdigen, ging er grußlos an der Taubenfrau vorbei. Die Tauben machten ihm den Weg frei und kehrten anschließend wieder an ihren Platz zurück. Seine Schritte verhallten dumpf im nassen Laub.

Wie jeden Abend begrüßte ihn zu Hause das laute Surren

des Kühlschranks. Er sollte endlich den Techniker benachrichtigen. Müde und geschafft hängte er seinen Mantel an den Garderobenhaken, klopfte am Aschenbecher die Pfeife aus und legte sie dann ordentlich zu den anderen auf die Fensterbank. Er füllte Wasser in den Kessel für einen Gute-Nacht-Tee.

Auf dem Tisch legte er die Schlüssel bündig nebeneinander, schlug den Block auf und notierte: „Neun Uhr Ordnungsamt – Aushang am Gemeindebrett." Seine Hand hielt inne. Ein Strich, halb durch das Wort „Aushang" gezogen – dann ließ er es doch wieder stehen.

Als der Kessel pfiff, goss er das Wasser in die Teetasse und wärmte sich die Finger am Porzellan.

„Morgen", sprach er in den Raum, „morgen werde ich handeln." Es klang nicht nach einem Versprechen, mehr nach einer Bitte.

Draußen perlten die Regentropfen an der Fensterscheibe hinab und mitten unter ihnen hielt sich ein einziges Schneeflöckchen, das mit seiner feinen Kälte ein Sternchen auf die Scheibe zeichnete und leise flüsterte: „Bleib dir selbst treu. Handle nicht, weil die anderen es von dir erwarten. Hör auf dein Herz!"

Flöckchen hoffte so sehr, dass die Bitten und Mahnungen im Herzen von Herrn Leitner ankamen. Dass er die Wichtigkeit dieser Botschaft spüren konnte.

Der Kühlschrank brummte, auf dem Tisch kühlte der Tee ab, ohne dass davon getrunken wurde. Die Nacht legte sich über das Haus und er ging zu Bett. Der Schlaf kam spät.

Nach einer unruhigen Nacht wollte der Bürgermeister früh das Haus verlassen. Als er ins Freie trat, regnete es Bindfäden. Die Spitzen der Berge steckten in tief hängenden, dunklen Wolken. Die Kirchturmuhr schlug halb acht, als er den Weg zum ehemaligen Jagdschloss einschlug, in dem die Verwaltung ihren Sitz hatte.

Oft wusste er selbst nicht, warum er noch immer an diesem Amt festhielt. Zwei Amtsperioden würden eigentlich reichen. In seinem Alter, mit Ende dreißig, könnte er noch gut einen Neubeginn wagen und seinem Beruf als Jurist nachgehen.

Noch ehe er den Rathausflur betrat, hörte er eine laute Stimme: „Herr Bürgermeister! Herr Bürgermeister!"

Frau Bampf stand am Eingang, ihr Haar tropfte, ihr Mantel war durchnässt.

„Herr Bürgermeister!" Die Worte der Besucherin gingen ihm durch Mark und Knochen. „Sorgen Sie jetzt endlich für Ordnung oder müssen wir das selbst tun? Warum sitzt die Fremde noch immer jeden Tag auf dieser Bank?"

Am liebsten wäre er umgedreht. Aber er wusste: Da musste er jetzt durch und endlich ins Handeln kommen.

Die Sekretärin, die gerne frühmorgens ihren Arbeitstag begann, eilte ihm entgegen, nahm ihm den nassen Mantel und seine Aktentasche ab und zuckte entschuldigend mit den Schultern, weil sich die Begegnung mit Frau Bampf nicht verhindern ließ.

„Guten Morgen, Frau Bampf", grüßte er matt.

„Was soll an diesem Morgen gut sein?", schoss sie angriffslustig zurück. „Seit Tagen halten Sie uns hin. Wann tun Sie endlich etwas?"

„Beruhigen Sie sich. Kommen Sie mit in mein Büro, dann besprechen wir, wie wir gemeinsam vorgehen können."

In seinem Arbeitszimmer bot er ihr den Platz in der Besucherecke an und trat ans Fenster. Die Bank war leer. Die Tauben warteten. Gegenüber, unter dem Vordach der Bäckerei, stand die Frau mit dem roten Schal. Irgendetwas schien sie heute zurückzuhalten, den Platz zu betreten.

Er trat an seinen Schreibtisch, nahm den vorbereiteten Aushang, den ihm seine Sekretärin auf den Tisch gelegt hatte, strich ihn glatt und legte ihn wieder hin.

„Wir können sie nicht einfach vertreiben", erklärte er mit juristischem Wissen. „Wir müssen rechtmäßig handeln. Erst verwarnen, dann handeln, liebe Frau Bampf."

„Ist sie überhaupt hier gemeldet?", hakte Frau Bampf nach.

„Diese Auskunft darf ich Ihnen nicht erteilen. Datenschutz", entgegnete er, obwohl er längst wusste, dass sie nicht gemeldet war.

„Lassen Sie Ihr Süßholzraspeln und seien Sie ehrlich zu sich selbst. Sie wollen nichts unternehmen!" Frau Bampf beugte sich vor, streckte ihm ihr rundes Kinn entgegen und fragte zynisch: „Warum verschonen Sie diese Person?"

Wick Leitner antwortete nicht sofort. Sein Blick glitt zum Fenster. Davor flatterten Tauben. Und auf dem Fenstersims hatte sich schon wieder diese exotische Taube mit dem roten Gefieder niedergelassen und schaute unentwegt herein, so als würde sie jedes Wort verstehen.

Er gab sich einen Ruck und sagte: „Es gibt Regeln, Frau Bampf, und ich sage es Ihnen in aller Deutlichkeit: Solange ich hier auf diesem Stuhl sitze, werden die Regeln auch eingehalten."

Frau Bampf schnappte nach Luft, warf ihm einen verächtlichen Blick zu, griff nach ihrer Tasche und verließ wütend das Büro. Ihre Worte klangen durch den ganzen Stock: „Dann tun Sie wenigstens das, und zwar bald! Sonst verlieren wir die Geduld."

Die Tür fiel ins Schloss. Er blieb allein zurück, den Blick auf die leere Besucherbank gerichtet. Ein Regentropfen rann am Fensterglas herab – und genau dort glitzerte für einen Augenblick ein Schneeflöckchen auf.

Die Stimme des Zweifels
Kapitel 5

Als Frau Bampf das Rathaus verließ, stand Viktoria immer noch unter dem schmalen Vordach am Eingang des Bäckerladens.

Das Regenwasser rann in dicken Bächen über das Pflaster, sammelte sich in großen Pfützen und spülte das Laub in die Rinnen. Die Straßen waren bei diesem ungemütlichen Wetter wie ausgestorben. Die Tauben hockten auf den Dachrinnen und warteten darauf, dass es wieder heller wurde.

„Vielleicht sollte ich gehen", flüsterte sie, mehr zu sich selbst als zu den Vögeln, „alles hinter mir lassen. So wie damals."

Ein Zittern lief ihr über den Rücken. Es war kein Kältezittern. Es war dieses alte Gefühl, von Schuld und Scham, das sie seit vierzig Jahren mit sich herumtrug. Manchmal kam es wie ein Stich, manchmal wie ein schwerer Mantel, der sie niederdrückte. Heute empfand sie beides zugleich.

Viktoria schloss die Augen und einen Moment lang sah sie den Wald vor sich, den dunklen Pfad, den sie damals gegangen war. Noch immer hörte sie das Knacken der Zweige, spürte das Bündel in ihren Armen und hörte das eigene hastige Atmen. Und da war noch etwas. Ein Flattern. Ein Schattenspiel über ihr, das sie damals kaum beachtet hatte. Eine Taube, die ihr folgte, sie umkreiste, als wollte sie ihr etwas sagen. War das schon damals Cardea gewesen?

„Nein", sagte sie leise zu sich selbst. „Das darf nicht wiederkommen."
Sie presste die Hände an die Schläfen, als könnte sie die Bilder damit wegdrücken. Doch die Erinnerung klebte an ihr wie nasser Stoff. Es war ihr bewusst, dass keiner im Dorf verstehen konnte, warum sie hier war. Woher

auch? Ihr Geheimnis kannte ja niemand! Es ist auch besser so, ging es ihr durch den Kopf. Davon war sie überzeugt, und so sollte es auch bleiben. Denn wenn sie wüssten ... nein, das darf nie jemand erfahren. Sie würden sie wie eine Verbrecherin verurteilen.

Da spürte sie eine Bewegung neben sich. Die große weiße Taube mit dem roten Schnabel war auf dem Fenstersims der Bäckerei gelandet. Ihr Kopf wippte leicht, ihre Augen funkelten dunkel.

„Cardea ...“, hauchte Viktoria, „warum bleibst du bei mir?“

Die Taube schlug mit den Flügeln, streckte ihr stolz den Kopf entgegen und antwortete: „Weil du gebraucht wirst, Viktoria. Du musst endlich Fragen beantworten. Du darfst vor der Vergangenheit nicht mehr weglaufen.“

In diesem Moment landete das kleine Flöckchen auf Viktorias Nasenspitze. Als sie es wegwischen wollte, rief es empört: „Nicht! Ich bin es – das mutige Flöckchen. Ich will dir doch nur helfen.“

„Du hast dich ja entwickelt“, schmunzelte Cardea amüsiert. „Du nennst dich selbst schon das mutige Flöckchen. Respekt! Petrus wird stolz auf dich sein.“

„Ja, ich muss mutig sein. Aber nicht nur ich“, piepste das Flöckchen. „Wenn ich mir das so ansehe ...“

Ein warmer, feinduftender Luftzug drang aus der Backstube. Der Bäcker, der die Stimmen gehört hatte, trat neugierig in den Türrahmen. Mit ihm zog der Geruch frisch gebackener Hörnchen heraus. Kritisch zog er die Stirn in Falten, als er die Taubenfrau allein unter dem Vordach stehen sah. Jetzt führt sie schon Selbstgespräche, dachte er. Die arme Frau. „Möchten Sie sich wärmen? Ich bringe Ihnen gerne eine Tasse Tee“, bot er an.

Viktoria sah ihn mit leeren Augen an und schüttelte ablehnend den Kopf.

Der Bäcker nickte, verschwand in der Backstube, wo er schnell ein paar Brösel zusammenklaubte, diese in eine Papiertüte füllte und wieder zu der Taubenfrau zurückkehrte. „Dann wenigstens etwas für Ihre Tauben“, sagte er und gab ihr die Tüte.

Viktoria starrte ihn an. Er war seit langer Zeit der erste Mensch, der freundlich zu ihr sprach.

Der Regen hatte nachgelassen und es nieselte nur noch. Sie nickte dankbar und machte sich auf den Weg zum Schlossplatz, auf dem die hungrigen Tauben bereits auf sie warteten.

Die Tüte mit den Bröseln knisterte in ihrer Hand, während die Vögel flatternd näherkamen. Einige ließen sich auf ihren Schultern nieder, andere umkreisten sie in weiten Bögen. Für einen Augenblick wirkte es, als gehörte der ganze Platz nur ihr und den Tauben.

Im Rathaus stand der Bürgermeister am Fenster und hielt zwischen den Fingern seine Pfeife, die er trotz des Rauchverbotes in seinem Büro rauchte. Träge stieg der Qualm zur Decke, als folgte er seinen Gedanken. Sein nachdenklicher Blick haftete nicht an der fremden Frau, sondern an ihrem ausgeblichenen Schal. Seit Tagen ließ ihn dieses Stück Wolle nicht los. Schweigend, unentschlossen, geheimnisvoll. Vielleicht verbarg sich darin mehr als nur Wärme?

Seine Sekretärin trat an seine Seite und räusperte sich leise.

„Wick, warum untenimmst du nichts?“ Ihre Stimme klang vorsichtig, fast tastend. „So kenne ich dich nicht. Sonst findest du immer klare Worte und triffst Entscheidungen, ohne zu zögern.“

Wick antwortete nicht sofort. Ein Muskel zuckte unter seinem Bart. Dann murmelte er, mehr zu sich selbst als zu ihr:

„Manchmal ist Schweigen die einzige Entscheidung."

Die Sekretärin, sah ihn fragend an, schwieg aber.

Im selben Moment öffnete sich unten am Platz die schwere Holztüre des Rathauses. Herr Weiler vom Ordnungsamt trat hinaus, einen offiziellen Brief in der Hand. Entschlossen ging er auf die Taubenfrau zu und überreichte ihr das Schreiben. „Ich gebe Ihnen hiermit nicht nur diese Aufforderung den Platz zu verlassen, sondern auch einen gut gemeinten Rat", sagte er ernst. „Kommen Sie endlich in mein Büro und melden Sie Ihren Wohnsitz an. Sollte das nicht innerhalb dieser Woche geschehen, bin ich gezwungen, die Polizei einzuschalten. Ich denke, ich muss Ihnen jetzt nicht erklären, was das für Sie bedeutet."

Wortlos nahm Viktoria den Brief entgegen und nickte knapp. Herr Weiler versuchte mit einer ungeduldigen Handbewegung einige Tauben zu verscheuchen, die zu dicht an seine neuen Schuhe herangetreten waren. „Ich meine es wirklich nur gut", fügte er hinzu.

Im Gehen blieb sein Blick einen Augenblick lang an der Taube mit dem roten Schnabel hängen, die ohne jede Scheu auf der Bank verharrte – ein ungewöhnlicher Anblick, der ihn kurz stutzig machte. Dann zog er sein Sakko schützend an sich und eilte zurück ins Trockene.
Viktoria starrte auf das Kuvert in ihrer Hand. Es war mit einem einzigen Wort adressiert: „Frau???". Die vier Buchstaben verschwammen, als der Regen leicht auf das Papier tropfte.

„Melde dich beim Ordnungsamt", drängte Cardea mit fester Stimme. „Du musst endlich Klarheit in dein Leben bringen. Was kann denn schon passieren? Du hast doch schon alles verloren. Du kannst nur noch gewinnen!“, mischte sich das Schneeflöckchen ein.

„Berühre die Menschen mit deiner Geschichte. Tu ihnen etwas Gutes. Bring Licht und freien Atem in dieses Bergdorf. Wenn du mutig bist, kann alles gut werden.“

„Was soll ich? Die Menschen mit meiner Geschichte berühren?“

Viktoria war entsetzt über die Worte des Flöckchens: „Du denkst doch nur an deinen Namen.“

„Nein, Viktoria“, widersprach es sanft. „Ich denke an dich. Und an die Menschen, die in dir bisher nur ein großes Fragezeichen sehen. Die Zeit ist gekommen.“

Viktoria schloss die Augen, presste den Brief an ihre Brust und flüsterte: „Das, was ich getan habe, ist eine Sünde. Das wird man mir nie verzeihen.“

Cardea antwortet leise: „Vergiss nicht, was man dir angetan hat.“

Anni sucht Nähe
Kapitel 6

Voller Vorfreude auf die Begegnung mit Wick, lief Anni mit flotten Schritten über den Schlossplatz und wäre dabei fast mit der Taubenfrau zusammengestoßen.

„Entschuldigung, das war nicht meine Absicht. Ich bin nur so sehr in Eile“, sagte Anni verlegen.

Die Fremde hob langsam den Kopf und sah ihr direkt in die Augen. Dieser Blick, diese dunklen klaren Augen, lösten bei Anni ein eigenartiges Gefühl aus. Eine Mischung aus Neugier und etwas, das sie nicht benennen konnte. Warum kannte niemand ihren Namen? Sie musste doch irgendwo gemeldet sein ...

Es war nicht nur dieser Blick. Es war die Art, wie die Frau den Kopf hob und wieder neigte, wie selbstverständlich sie mit einer kaum merklichen Bewegung die flatternden Tauben lenkte. Etwas an dieser Haltung riefen in Anni Erinnerungen wach.

Mit festem Griff rückte Anni ihren Rucksack auf dem Rücken zurecht und setzte ihren Weg über den Platz fort. Immer wieder drehte sie sich nach der Frau um, die inzwischen von Vögeln umringt war, als gehörten sie schon immer zusammen.

Das gibt's doch nicht ... irgendetwas erinnert mich an sie. Ich muss Wick fragen. Er muss es wissen. Schließlich ist er der Bürgermeister. Fest entschlossen öffnete Anni die Seitentür des Rathauses.

Im selben Moment kam ihr ein frischvermähltes Ehepaar aus dem Trauzimmer entgegen. Ihre Gesichter waren vor Freude gerötet. Stolz hielten sie sich an den Händen und die Trauringe an ihren Fingern funkelten im Licht wie

Diamanten. Die beiden strahlten, als wollten sie die ganze Welt an ihrem Glück teilhaben lassen.

Anni lächelte den beiden zu und wünschte ihnen alles Gute für die Zukunft. Und für einen Augenblick fragte sie sich, ob auch sie eines Tages das Rathaus verlassen würde mit einem Ring am Finger, an der Seite ihres Herzensmenschen.

Allein der Gedanke daran trieb ihren Puls in die Höhe. Mit dieser wohlgehüteten süßen Sehnsucht im Herzen nahm sie die letzten Stufen im Doppelpack. Kurz bevor sie am Vorzimmer des Bürgermeisters anklopfte, bog sie noch rasch zur Toilette ab. Im Spiegel prüfte sie ihr Aussehen, strich eine Haarsträhne ihrer widerspenstigen roten Locken zurecht und zog mit einem Lipgloss sanft ihre Lippen nach.

„Reiß dich zusammen“, maßregelte sie sich selbst. Aufmunternd lächelte sie sich im Spiegel zu: „Du bist der Unterlagen wegen hier. Alles andere ... ergibt sich oder auch nicht. Du bist erst sechsunddreißig Jahre alt, es ist noch lange nicht zu spät.“ Sie gab sich einen Ruck, straffte ihre Schultern und ging mit strahlenden Augen und klopfendem Herzen zu Vicks Büro.

Marga, die Sekretärin des Bürgermeisters, legte gerade den Hörer auf, als Anni den Kopf hereinstreckte. „Das ist ja eine Überraschung! Was führt dich zu uns?“

„Hallo. Ich bringe die Abrechnung meines letzten Auftrags, die Wick mir unterschreiben sollte.“

Marga musterte sie kurz, dann lächelte sie wissend. „Warte einen Moment. Ich melde dich an.“ Dann verschwand sie im Zimmer des Bürgermeisters, während Anni ihre Mappe mit den Unterlagen fester an sich drückte.

Kurz darauf öffnete sich Wicks Tür und seine Freude über Annis Besuch war nicht zu übersehen. Strahlend streckte er ihr die Hand entgegen. Für eine kurze Zeit war selbst sein Ärger über die aufgebrachte Frau Bampf vergessen.

„Anni! Welche Freude, dich zu sehen! Es ist viel zu lange her."

Ja, dachte Anni. Mein Herz zerfließt fast vor Sehnsucht.

„Das finde ich auch", erwiderte Anni und spürte, wie die Wärme seiner Stimme ihr Herz höherschlagen ließ. Einen Moment lang standen sich beide hilflos gegenüber.

Anni fragte sich, warum Wick einen Schritt vor und dann wieder zurück machte. Warum er nicht offen ihre Gefühle erwidern konnte. Sie wussten beide, dass zwischen ihnen mehr war als nur die dicke Freundschaft aus ihrer Jugendzeit.

„Ich habe Unterlagen zur Unterschrift mitgebracht", durchbrach Anni die hochelektrisierende Stimmung.

„Natürlich, das machen wir gleich. Darf ich dir einen Kaffee anbieten?" Anni lehnte dankend ab. „Wie geht es dir, Anni? Ich hörte, dass du im Dorf ganz schön ausgelastet bist."

„Ja, ich habe viel zu tun", erwiderte sie. „Aber das ist gut so. Dann bin ich von unwichtigen Dingen abgelenkt."

Wick schaute sie stirnrunzelnd an. „Welche unwichtigen Dinge? Wovon musst du dich ablenken? Was meinst du damit?"

Anni lief rot an. „Ach egal. Ich werde immer wieder darin bestätigt, den richtigen Beruf gewählt zu haben. Es gibt mir stets ein gutes Gefühl, wenn ich helfen kann."

„Das glaube ich dir sofort. Du hattest schon als Schülerin das Herz am rechten Fleck."

Sie lachten beide, fast vertraut, fast wie früher. Doch als Annis Blick hinaus zum Fenster wanderte, wo die Tauben über den Platz schwirrten, stellte sie die Frage, die sie brennend interessierte:

„Sag mal, Wick … Diese Frau da draußen, mit den Tauben … wer ist sie eigentlich?“ Einen Moment lang herrschte betretenes Schweigen.

Wick verschränkte sofort die Arme vor der Brust und lehnte sich zurück. „Sie ist einfach eine Fremde, die seit einiger Zeit hier lebt.“

„Aber niemand kennt ihren Namen. Das ist doch seltsam. Findest du nicht? Du als Bürgermeister müsstest ihren Namen doch kennen – sie ist ja sicher hier gemeldet?“

„Es gibt Dinge, die uns nichts angehen, Anni.“ Seine Stimme klang nun kühl, fast abweisend.

„Du weißt mehr, Wick. Ich sehe es dir an.“

Er stand auf, kreuzte die Arme hinter seinem Rücken und blickte hinaus in den Morgen. „Manchmal ist es besser, Fragen gar nicht erst zu stellen.“

Während sich die beiden im Arbeitszimmer unterhielten, lauschte Cardea, die Flügel eng an ihren Körper gepresst und die Ohren ganz nah an der Fensterscheibe, regungslos jedem einzelnen Wort, das die beiden austauschten. Manchmal legte sie den Kopf schief, um noch besser zu hören, und murmelte leise: „Endlich. Endlich bohrt jemand nach und denkt nicht nur daran Viktoria zu vertreiben.“

„Diese Anni hat die richtige Spur aufgenommen“, flüsterte Cardea dem Flöckchen zu, das sich auf ihrem Kopf niedergelassen hatte. Es tanzte vor Freude nervös hin und her und fiepte mit dünner Stimme: „Ist das aufregend, endlich kommt Licht in die Dunkelheit!“

Drinnen schluckte Anni die Enttäuschung hinunter: „Ich lasse dir die Unterlagen zur Prüfung hier“, lenkte sie das Gespräch in eine andere Richtung, als sie Wicks plötzlichen Stimmungswandel spürte.

„Danke, dass du dir die Zeit genommen hast. Es war schön, dich mal wiederzusehen. Wenn du unterzeichnet hast, kannst du mir ja Bescheid geben.“

Wick drehte sich wieder zu ihr. Er zwang sich ein Lächeln auf die Lippen. „Ja. Anni. Es war sehr schön, dich mal wieder zu sehen. Wirklich.“, sagte er mit Nachdruck und sah ihr dabei tief in ihre blauen Augen. Doch die Herzlichkeit von vorhin war nun verschwunden.

Mit schwerem Herzen verließ Anni das Büro, verabschiedete sich freundlich von Marga und ging die Treppe hinunter.

Als sie das Rathaus verließ, saß die Taubenfrau, umringt von Vögeln, immer noch auf der Parkbank. Unwillkürlich blieb Anni stehen.

Die Fremde sah kurz zu ihr herüber, so als hätte sie Annis Blick gespürt. Dann wandte sie sich auch schon wieder den Tauben zu.

Diese Bewegung brannte sich in Annis Gedächtnis ein. Ich muss der Sache auf den Grund gehen, dachte Anni. Es führt kein Weg daran vorbei.

Wenig später stieg sie in ihr Auto und fuhr nach Hause. Dort angekommen, ging sie direkt zu dem alten Sekretär und öffnete das Geheimfach, dem sie seit vielen Jahren keine Beachtung mehr geschenkt hatte. Darin lag der Brief, den ihr das Ehepaar Schilling kurz vor ihrem Tod anvertraut hatte. Kurz darauf waren beide hintereinander verstorben.

Anni setzte sich auf den Stuhl – der Stuhl –, auf dem Frau Schilling immer gesessen hatte. Sie holte den Brief aus der Schublade und blickte lange auf die Worte, die auf dem Umschlag standen. Die Erinnerungen holten Anni ein:

Als Anni nach dem Abschluss ihrer Hochschulreife vor zwanzig Jahren ihre Ausbildung zur Dorfhelferin begann, war das Ehepaar Schilling die erste Familie, der sie zugewiesen wurde. Sie war damals sechzehn Jahre alt, voller Idealismus und auch ein wenig unsicher. Doch je länger sie die beiden Senioren betreute, desto mehr war sie davon überzeugt, den richtigen Beruf gewählt zu haben.

Die Schillings hatten sie angenommen, als wäre sie ihre eigene Tochter. Mit ihrer Herzlichkeit und Güte machten sie es Anni leicht, morgens mit Freude zum Dienst zu kommen. Doch lag auch eine schwere Last auf den Schultern der beiden Leute. Eine Last, die sie schwerkrank werden ließ. Manchmal hörte Anni sie weinen, wenn sie glaubten, allein zu sein. Dann sprachen sie von ihrer Tochter, ihrem einzigen Kind, das sie über alles liebten. Sie war einfach fortgegangen. Über Nacht spurlos verschwunden. Von einem Tag auf den anderen. Ohne Erklärung. Ohne Grund. Verzweifelt suchten sie nach einer Antwort, die sie leider nie bekamen.

Herr Schilling verbrachte unzählige Stunden im Vogelhaus, wo er Tauben, Finken, Amseln und Meisen pflegte. Die Vögel waren sein Zufluchtsort. Oft sagte er: „Sollte unsere Tochter jemals zurückkommen, so wird sie ihren Weg über die Vogelwelt finden. Als Kind liebte sie diese Tiere."

Seit dem Verschwinden ihrer Tochter hatte Herr Schilling Brieftauben gezüchtet. Er schickte sie in alle Himmelsrichtungen, immer mit der Frage, ob irgendjemand etwas über seine Tochter wüsste.

Frau Schilling schrieb Briefe – lange, sehnsuchtsvolle Zeilen an ihr Kind. Fragen, die nie beantwortet wurden. Ihren letzten Brief hatte sie in einen Umschlag gelegt und Anni anvertraut.

„Wenn sie je zurückkehrt, Anni“, hatte Frau Schilling damals gesagt, „dann gib ihr diesen Brief und sag ihr, dass wir nie aufgehört haben, sie zu lieben.“

Wenige Monate darauf waren beide verstorben – viel zu früh, wie Anni fand. Ein gebrochenes Herz könne man nicht heilen, hatte der Arzt dazu gesagt.

Ihr letztes Vermächtnis, das unentgeltliche Wohnrecht, ging an Anni – bis zu dem Tag, an dem ihre Tochter heimkehrte. Schillings waren davon überzeugt gewesen, dass sie noch lebte und irgendwann in ihre Heimat zurückkommen würde. Seitdem hatte der Umschlag im Sekretär gelegen. Ein Vermächtnis, das umso schwerer wog, je mehr Jahre ins Land gezogen waren.

Und jetzt ... jetzt sah sie diese Frau auf dem Schlossplatz!

Anni strich nachdenklich über die Buchstaben und dabei ließ sie ein Gedanke nicht mehr los:

Könnte es wirklich sein?

Auf dem Umschlag stand mit blauer Tinte: Für unsere über alles geliebte Tochter, geschrieben.

In dieser Nacht lag Anni sehr lange wach. Die Ungewissheit über das, was kommen könnte, ließ sie keinen Schlaf finden. Immer und immer wieder drehte sie sich von einer Seite auf die andere. Ihre Gedanken wollten nicht verstummen. Der Brief. Die Worte der verstorbenen Schilling: „Wenn sie zurückkehrt, Anni, dann gib ihr diesen Brief.“

Sobald Anni die Augen schloss, tauchte das Bild der Taubenfrau vor ihr auf – diese gebeugte Gestalt, die Bewegung des Kopfes, umringt von flatternden Flügeln. Diese Mischung aus Sehnsucht, Beklemmung und Ahnung, die Anni immer noch nicht benennen konnte. Draußen riefen die Tauben in der Dunkelheit, als wollten sie sie nicht zur Ruhe kommen lassen. Was, wenn sie es wirklich ist?

An der Fensterscheibe ihres Schlafzimmers hing das Flöckchen und wachte über sie. „Endlich geschieht etwas, oder?“, flüsterte es hoffnungsvoll Cardea zu.

„Geduld, kleines Flöckchen. Noch ist die Zeit nicht reif. Anni hat den Faden aufgenommen, und ich weiß, sie wird ihn weiterspinnen. Morgen wird sie handeln. Ich kann es spüren“, antwortete Cardea zuversichtlich.

Anni konnte die Stimmen nicht hören. Sie schloss die Augen fester und versuchte, gleichmäßig zu atmen. Doch der Schlaf wollte nicht kommen. Immer wieder sah sie den Umschlag vor sich, immer wieder hörte sie die Tauben gurren, bis sie frühmorgens endlich in einen unruhigen, leichten Schlaf fiel.

Nach einer lausig kurzen Nacht stand Anni nun am Morgen mit einer frisch gebrühten Tasse Kaffee am Küchenfenster. Der Frost hatte sich silbern auf die Dächer und Wiesen gelegt und ein feiner Dunst durchzog das Tal. Die Müdigkeit drückte schwer auf Annis Augenlider. Ihre Gedanken kreisten wieder um die Taubenfrau. Und der Brief – er lag noch immer auf dem Sekretär, und wog in ihrem Herzen schwer wie ein Stein. Für unsere geliebte Tochter ...

„Schluss jetzt“, murmelte sie schließlich, stellte die geleerte Tasse in die Spüle und griff nach Jacke und Rucksack. Heute wollte sie eine Antwort finden. Sie wollte die Ungewissheit nicht länger ertragen.

Als Anni den Schlossplatz erreichte, saß die Taubenfrau auf der Bank. Die Vögel flatterten, pickten, ließen sich auf ihren Schultern nieder und auf ihrem Arm, als wären sie ihre stillen Wächter.

Die Worte der Schillings im Ohr, nahm Anni ihren ganzen Mut zusammen und ging auf die Fremde zu. „Guten Morgen“, begann sie vorsichtig.

Die Frau sah auf, nickte nur leicht. Cardea verschwand von der Bank und suchte auf einem Ast in der Eiche einen guten Platz, von dem aus sie alles hören und mitverfolgen konnte. Flöckchen war an diesem Morgen noch gar nicht aufgetaucht.

„Darf ich mich kurz zu Ihnen setzen?“, kam es von Anni.

Ein kaum merkliches Zucken, dann rückte die Frau etwas zur Seite. Anni nahm Platz und spürte dabei die kühle Nässe, die durch den Stoff ihrer Hose drang. Einen Moment lang schwiegen beide Frauen, nur das Flattern der Tauben erfüllte die Luft.

„Wissen Sie“, begann Anni zögernd, „die Leute im Dorf fragen sich, wer Sie sind. Sie sitzen hier Tag für Tag, und keiner kennt Ihren Namen.“

Die Fremde blickte sie nicht an, sondern strich einer Taube sanft über das Gefieder. „Namen sind nicht so wichtig.“ Ihre Stimme klang leise, brüchig, fast so, als spräche sie mit sich selbst.

„Doch“, erwiderte Anni leise. „Manchmal sind Namen alles was bleibt.“ Die Worte kamen ihr über die Lippen, ohne nachzudenken. „Manchmal hängt ein ganzes Leben daran.“

Die Frau schaute sie an, prüfend, beinahe erschrocken. Dann drehte sie ihren Kopf wieder weg.

Anni spürte, dass sie Geduld haben musste und sie nicht zu sehr drängen durfte. Sie wechselte den Ton. „Wissen Sie, ich glaube, die Menschen hier würden Sie anders sehen, wenn sie wüssten, was Sie bewegt. Wenn Sie ... ein Stück von sich zeigen würden. Vielleicht sogar etwas Gutes daraus machen.“

„Etwas Gutes?“ Die Frau schüttelte den Kopf. „Menschen urteilen. Immer. Da kommt nichts Gutes.“

„Manche vielleicht“, widersprach Anni sanft. „Aber nicht alle. Manchmal braucht es nur einen kleinen Funken, damit die Wärme zurückkommt.“

Sie machte eine Pause, dann wagte sie sich einen Schritt weiter: „Stellen Sie sich vor, wir würden hier auf dem Platz, diesem wunderschönen Schlossplatz am Rathaus, etwas beginnen. “

Zum ersten Mal sah die Frau sie direkt an, in ihren Augen lag ein Ausdruck von Angst und Hoffnung zugleich. „Ich? Etwas beginnen? Was soll das denn sein? Zu den Menschen hier gehören? Niemals!“

„Ja.“ Anni nickte fest. „Ich könnte Ihnen dabei helfen. Wir könnten gemeinsam etwas aufbauen. Nichts Großes. Nicht laut. Einfach ... schön.“

An einem der Rathausfenster saß Flöckchen unter einem frostigen Herbstblatt. Aufgeregt blickte es zum Fenster des Bürgermeisters, dann horchte es wieder zu den Frauen nach unten.

„Vielleicht wird doch noch alles gut“, wisperte es in Richtung Cardea. Sie nickte ihr zu und gab nur ein knappes Gurren von sich, um nichts von der Unterhaltung zwischen Anni und Viktoria zu versäumen.

Viktoria hatte inzwischen den Schal zwischen ihre Hände gepresst und schwieg. Lange saß sie so da. Dann, auf einmal, flüsterte sie: „Ich habe keinen Mut und will auch nichts beginnen. Was auch immer Sie damit meinen.“

„Dann nehmen Sie doch meinen Mut“, bot Anni an, ohne darüber nachzudenken, welchen Unsinn sie vor Aufregung von sich gab.

Ein Zittern lief durch Viktorias Schultern. Sie starrte in die Ferne und für einen Moment schien es, als wollte sie sprechen – doch dann senkte sie wieder den Blick.

Auch wenn die Taubenfrau schwieg, so spürte Anni doch: Etwas hatte sich verändert. Eine kleine Hoffnung war aufgekeimt.

Konflikt im Rathaus
Kapitel 7

Im Rathaus stand Wick am Fenster und beobachtete unten auf der Bank das Geschehen. „Jetzt reicht es", murmelte er, verließ wütend das Büro und ging, ohne seine Sekretärin zu beachten, mit schnellen Schritten, und eines weiteren Wortes, an ihr vorbei.

„Wick, wo willst du hin?", rief sie ihm nach.

„Zum Ordnungsamt", knurrte er und eilte die Treppe hinunter.

Herr Weiler, der gerade eine Gewerbeabmeldung prüfte, fuhr erschrocken zusammen, als der Bürgermeister ohne Anklopfen in sein Büro stürmte. Die Tür fiel hinter ihm mit einem dumpfen Schlag ins Schloss.

„Herr Bürgermeister, was–?"

„Lassen Sie das, Weiler! Ich möchte Klarheit. Und zwar sofort."
Herr Leitner stemmte die Hände auf den Schreibtisch und beugte sich vor. „Diese Frau da draußen, die Tag für Tag auf der Bank sitzt – ist sie mittlerweile gemeldet?"

Herr Weiler räusperte sich, suchte nach Worten. „Nun ... nein. Noch nicht. Ich habe sie mehrfach aufgefordert, aber sie ... sie, reagiert kaum. Sie nickt nur oder schweigt."

„Das reicht nicht!", fiel ihm der Bürgermeister ins Wort. Das ist unser Rathaus, unser Platz – kein Zufluchtsort für Namenlose!" Seine Stimme war schärfer als er beabsichtigt hatte. Um die Beherrschung nicht ganz zu verlieren, holte er tief Luft. „Sie muss hier gemeldet werden. Was denkt die sich eigentlich? Wir sind doch hier nicht in einer Bananenrepublik!"

Herr Weiler runzelte die Stirn. So aufgebracht hatte er Herrn Leitner in all den Jahren ihrer Zusammenarbeit noch nicht erlebt.

„Warum plötzlich diese Eile? Was ist passiert? Sie tut doch niemandem etwas ...“, wagte er zu fragen.

„Und wenn doch?“, fiel ihm der Bürgermeister ins Wort. „Wenn mehr dahintersteckt? Sie wissen so gut wie ich, dass jeder gemeldet sein muss! Oder muss ich jetzt auch noch Ihre Arbeit machen?“

Weiler räusperte sich und rückte seine Brille zurecht. „Ich werde mich darum kümmern.“

„Nicht nur kümmern!“, schnitt er ihm das Wort ab. „Diese Woche noch, Weiler – ohne Ausnahme – landen die Daten dieser Frau auf meinem Schreibtisch: Name, Herkunft, alles, was Sie über diese Person herausfinden können. Und zwar bevor die Woche zu Ende geht. Haben wir uns verstanden? Und noch etwas Weiler, bevor die Daten nicht bei mir auf dem Schreibtisch liegen, zu keinem ein Wort!“

Etwas in seiner Ehre gekränkt, senkte Weiler den Kopf und dachte: „Oh Gott, was ist passiert? Was hat das zu bedeuten?“ Dann wandte er sich ab und griff nach dem Formular auf seinem Tisch.

Der Bürgermeister, griff nach der Türklinke, riss sie auf und verschwand, ohne ein weiteres Wort zu sagen, auf dem Gang. Mit angespannten Kiefern ging er in sein Büro zurück und dachte: Was hatte Anni mit der Taubenfrau auf der Bank zu besprechen? Was geht hier vor sich? Kaum hatte er sein Büro erreicht, flog die Tür erneut auf.

Frau Bampf stand im Rahmen, eine alte Ledertasche unter dem Arm.

„Jetzt nicht“, knurrte Wick, noch ehe er sich setzen konnte.

Doch Frau Bampf ließ sich nicht abwimmeln. Ungefragt trat sie ein, stellte die abgewetzte Aktentasche auf den Stuhl und stemmte die Hände in die Hüften. „Doch –, gerade jetzt. Herr Bürgermeister, es reicht. Ich erhebe Einspruch.“

„Einspruch!“, Wick lachte scharf auf. „Ich wusste gar nicht, dass wir hier vor Gericht sind.

„Kein schlechter Vergleich“, erwiderte sie kühl. „Hier geht es um Gerechtigkeit.“, und trat mit drohenden Worten noch einen Schritt näher an ihn heran. Herr Leitner rutschte wie automatisch mit seinem Stuhl ein Stück zurück.

„Und ich sage Ihnen – nein, ich garantiere es Ihnen: Ich werde nicht tatenlos zusehen, wie Sie hier Entscheidungen fällen, die das Dorf spalten.“

Empört erhob sich Wick von seinem Stuhl. Der Zorn spiegelte sich in seinen Augen wider. „Das Dorf spalten? Ich? Was nehmen Sie sich eigentlich heraus! Nur weil Sie im Verkehrsverein den Vorsitz haben, heißt das noch lange nicht, dass Sie sich hier als Richterin aufspielen dürfen.“

„Werden Sie nicht beleidigend“, fauchte Frau Bampf zurück. „Mit ihrem Schweigen und Aussitzen machen Sie alles nur schlimmer. Morgen ist diese Person da unten aus dem Dorf verschwunden – haben Sie mich verstanden?“

„Sie tut niemandem etwas!“ Aber Sie, Frau Bampf – Sie hetzen die Leute gegeneinander auf und bringen das ganze Dorf durcheinander. Man könnte fast meinen, Sie hätten etwas ganz Persönliches gegen die Taubenfrau.“

„Meinen Sie doch, was Sie wollen.“

Marga, die im Vorzimmer alles mitanhörte, konnte kaum noch arbeiten. Die Wände des Bürgermeisterzimmers schienen sich zu verdichten. Die Luft wurde schneidend dünn. Da hielt sie es nicht mehr aus. Marga öffnete die Tür und sagte mit fester Stimme: „Jetzt beruhigen wir uns mal alle.“

Wick stand von seinem Stuhl auf, trat ans Fenster und wendetet den Frauen den Rücken zu.

„Ich verstehe Ihre Aufregung nicht. Diese Frau da unten hat keinem Menschen etwas getan“, verteidigte Marga das Verhalten des Bürgermeisters.

„Wie bitte?“ Frau Bampf schnappte nach Luft. „Jetzt verteidigen Sie diese Person auch noch?“

Wick wandte sich um, seine Hände zu Fäusten geballt. Das genügt. Wir haben Wichtigeres zu tun, als uns von Ihnen Lektionen erteilen zu lassen.“

Frau Bampf blitzten die beiden wütend an. „Aber eines lassen Sie sich noch gesagt haben: Wer schweigt, macht sich mitschuldig.“

„Dass ich nicht lache. An was denn? Und das ausgerechnet von Ihnen – der Tochter von ...“

Ihre Gesichtsfarbe wechselte von Rot auf Dunkelrot. Ohne ein weiteres Wort griff sie nach ihrer Tasche und stampfte wütend aus dem Büro.

Wick war sofort bewusst, den letzten Satz hätte er sich sparen können. So eine Äußerung stand ihm nicht zu. Und schon gar nicht in seiner Position. Jetzt war er zu weit gegangen.

Marga konnte gerade noch zur Seite ausweichen, sonst hätte Frau Bampf sie angerempelt. Schwer von ihrem herben Parfümduft blieb ein Luftzug zurück, unbeugsam und unübersehbar.

Der Bürgermeister starrte ihr kreidebleich hinterher. Für einen Moment hatte er das Gefühl, die Wände seines Büros rückten auf ihn zu und wollten ihn erdrücken. Er riss sich die Krawatte vom Hals und schnappte nach Luft. „Verdammt“, zischte er und warf Marga einen Blick zu – halb suchend nach Verständnis, halb entschuldigend.

Doch die Sekretärin schüttelte nur den Kopf.

„Ich bin auch nur ein Mensch“, zischte er verteidigend, bevor er nach einem ungeöffneten Brief griff und den Umschlag mit dem Brieföffner aufriss.

Marga verließ wortlos den Raum. Sie erkannte ihn nicht wieder. Was ist nur los mit ihm? Das konnte doch nicht allein an der Taubenfrau liegen. Etwas anderes musste ihn so aus dem Gleichgewicht bringen. Ihr Bauchgefühl sagte es ihr – und darauf konnte sie sich immer verlassen.

Licht im Dunkel
Kapitel 8

Annis schlaflose Nächte häuften sich. Egal, wie oft sie den Weg zu der Taubenfrau auf dem Schlossplatz suchte, sie kam dem Geheimnis dieser Frau keinen Schritt näher.

Obwohl das Ehepaar Schilling es mit Anni gut gemeint hatte, sagte ihr ihr Gewissen, dass sie nicht länger in diesem Haus wohnen bleiben konnte, dass ihr nicht zustand. Und dann war da immer noch dieser Brief, der sie Nacht für Nacht daran erinnerte, was sie den verstorbenen Eigentümern versprochen hatte.

Auch Wicks Zerrissenheit entging ihr nicht. Sie konnte aber nicht sagen, ob es etwas mit dem Auftauchen dieser fremden Frau zu tun hatte oder ihn etwas anderes belastete. Eines wusste sie sicher. Wick hatte sich in den letzten Monaten verändert.

Der innere Drang in ihr, dem Ziehen eines unsichtbaren Fadens nachzugehen. Das Verlangen in ihr, genauer hinzusehen, all diese intensiven Gefühle ließen Anni nicht mehr zur Ruhe kommen.

Mit dem Bedürfnis, der Ursache dieser Ungewissheit auf den Grund zu gehen, fuhr sie weiterhin Tag für Tag zum Schlossplatz und setzte sich wie selbstverständlich, – als wären sie zwei langjährige Nachbarrinnen – zu der fremden Frau auf die Bank.

Viktoria stellte keine Fragen. Sie war dankbar, dass Anni ihr keine stellte. Allerdings spürte sie, dass die nette Dorfhelferin, Antworten suchte – und wunderte sich, wie selbstverständlich Anni mit den Tauben umgehen konnte.

Von Herrn Schilling wusste Anni, wie man das Zutrauen der Vögel gewann: immer dieselben Bewegungen, dieselben Worte, dieselbe Hand bei der Fütterung.

Dieses kostbare Wissen öffnete Anni jeden Tag mehr eine leise, unsichtbare Türe.

Die Tage vergingen, und der Winter schickte seine ersten Boten ins Tal. Durch die anhaltende Kälte wurde der Aufenthalt für Flöckchen, auf der Erde, zunehmend einfacher.

Cardea freute sich über Annis Willensstärke und darüber hinaus, dass täglich mehr Menschen auf den Schlossplatz kamen.

Zuerst waren es nur die Dorfbewohner, die neugierig die Fremde bestaunten, dann kamen sie aus den Nachbardörfern. Manche sahen in der Taubenfrau eine stille Attraktion, andere schimpften über den Dreck, den die Vögel hinterließen – und wieder andere über den Lärm – sie waren dann ganz auf Frau Bampfs Seite, die ohnehin nie ein gutes Wort für jemanden übrighatte.

Mit der Zeit verstand Anni die Liebe und Zuwendung zu den Vögeln. Sie waren schweigsame Gefährten und feinfühlige Wegbegleiter. Von Herrn Schilling wusste sie noch, dass Tauben Gesichter erkennen konnten und sich selbst im Spiegel erkannten und mit Freude beobachtete sie, dass Taubenpärchen ein Leben lang zusammenblieben, und wie aus einem Echo einer fernen Zeit, hörte sie die klugen Worte von Herrn Schilling: „Tauben stehen für Frieden, Treue und Hoffnung."

Es entging ihr auch nicht, dass die Taube, die die Fremde „Cardea" nannte, anders war als die übrigen Vögel.

Jedes Mal, wenn Anni nach dieser Taube fragte, wich ihr die Taubenfrau aus, und dann folgte ein Schweigen. Ein Schweigen, das lauter wog als Worte.

Die Nähe zwischen der Fremden und diesem ungewöhnlichen Vogel war unübersehbar und zugleich faszinierend.

Eines Nachmittags, als Anni sich wieder zu der Frau auf die Bank gesellte, scheuchte Cardea plötzlich auf, flatterte wild mit den Flügeln und flog in Sekundenschnelle zu Viktoria, wo sie sich – wie eine Wächterin – auf deren Schultern setzte und dabei flüsterte:

„Bleib stark Viktoria. Jetzt hast du die Möglichkeit, dich deiner Vergangenheit zu stellen."

Viktoria konnte die Worte nicht deuten. Verunsichert sah sie Cardea an, schüttelte den Kopf und dachte: Was kommt da auf mich zu? Hilfesuchend wandte sie sich an Anni – doch in diesem Moment standen bereits zwei Uniformierte vor ihr.

Herr Weiler hatte seine Drohung also tatsächlich wahr gemacht und die Polizei eingeschaltet.

„Sind Sie die Frau, die seit Monaten hier lebt, ohne gemeldet zu sein und den Platz hier verschmutzt?", fragte einer der Beamten.

Viktorias Miene wurde dunkel und ihr Gesicht wirkte wie versteinert. Jetzt verstand sie, was Cardea meinte. Und sie wusste: Es gab kein Zurück mehr.

„Sie schaffen das", flüsterte Anni. „Ich bin bei Ihnen. Ich helfe Ihnen, über diese Schwelle zu gehen."

„Das ist normalerweise mein Text", gurrte Cardea Flöckchen zu. „Ist doch egal!", entgegnete Flöckchen und wandte sich sofort wieder dem Gespräch mit den Polizisten zu.

An einem der Fenster stand Wick und beobachtete alles. Er konnte nicht hören, was da unten gesprochen wurde, doch er sah, dass sich die Polizisten unverrichteter Dinge wieder entfernten – und wie Anni mit der seltsamen Frau in Richtung Rathaus ging.

Anni wollte beschützend den Arm um die Taubenfrau legen. Doch diese stieß sie erschrocken zurück und fauchte: „Lassen Sie das. Und rühren Sie mich nie wieder an!"

Anni zuckte vor Schreck zusammen. „Oh Gott, Entschuldigung. Ich wollte das nicht." Und während sie sprach, dachte sie: Was musste diese Frau erlebt haben ...

Gemeinsam traten sie durch das Portal des Rathauses. Cardea und Flöckchen flatterten voraus und hockten sich direkt ans Fenster von Weilers Büro.

„Ist es für Sie in Ordnung, wenn ich Sie begleite?", fragte Anni noch einmal vorsichtig nach.

Viktoria nickte stumm und ging weiter. Aufgewühlt und nervös klopfte Anni an die Tür mit dem Schild „Einwohnermeldeamt"

„Ja, bitte", hörten sie Weilers Stimme von drinnen. Sie öffnete die Tür und ließ der Taubenfrau den Vortritt.

„Hallo, Rainer. Hier möchte jemand seinen Wohnsitz melden."

Weiler stockte. Endlich. Endlich konnte er seiner Pflicht nachkommen – und sein Chef konnte ihm keine Halbherzigkeit im Dienst mehr vorwerfen.

Anni und Viktoria traten an den Schalter. Weiler schob ihnen wortlos das Meldeformular hin, das er längst vorbereitet hatte. Anni trat einen Schritt zurück und blieb etwas im Hintergrund. Dabei entging ihr nicht, wie sich hinter ihr die Tür einen Spalt breit öffnete.

Wick. Er stand im Schatten, die Hand am Griff, und lauschte. Anni konnte ihn aus ihrem Augenwinkel beobachten, tat aber so, als würde sie ihn nicht sehen.

Dann folgten ihre Augen voller Anspannung der Hand, die zögerlich den Stift aufsetzte und die ersten Buchstaben auf das Papier schrieb. Bei jedem Buchstaben weiteten sich Annis Augen mehr. Das Blut wich aus ihren Adern, als sie lesen konnte, was auf dem Papier stand.

Der Name. Auch Weiler sah ihn. Er hob den Kopf, starrte auf die Taubenfrau, als sähe er einen Geist. Im Büro wurde es still. So still, dass man nur noch den eigenen Atem hörte.

Anni fand als Erste ihre Stimme wieder. Sie räusperte sich, bevor sie einen Ton herausbrachte. „Sie sind es wirklich? Ich glaube es nicht. Sie sind tatsächlich ... Viktoria Schilling?"

Wick stand immer noch im Türspalt. Das Wort „Viktoria" hallte in seinen Ohren wie ein lauter Donner, der alles andere übertönte. Wie von einem Schlag getroffen, ließ er den Türgriff los und eilte mit schnellen Schritten in sein Büro.

Weiler fing sich auch wieder und fragte unverblümt, fast scharf: „Wo warst du die letzten vierzig Jahre, Vicki? Weißt du überhaupt, was du deinen Eltern angetan hast?"

„Rainer, lass gut sein", versuchte Anni zu beschwichtigen und hob abwehrend die Hand. „Du kannst doch nicht in diesem Ton mit ...", – sie stockte, als läge das Wort wie ein Stein auf ihrer Zunge" „... „mit Viktoria ... Entschuldigung, mit Frau Schilling, sprechen."

Weiler starrte die Taubenfrau – die er aus seiner Schulzeit als Vicki kannte – immer noch wie ein Gespenst an.

Viktoria Schilling – zwei Jahrgänge über ihm. Die Vorzeigeschülerin. Klug, beliebt. Gutaussehend. Hübsch.

Und nun stand sie hier – gebrochen, gezeichnet vom Schicksal, schweigsam und von Tauben umringt.

Das ganze Dorf hatte damals um sie getrauert. Alle hatten geglaubt, Vicki, wäre tot.

Ohne ein Wort legte Viktoria den Stift ab. Ihr Blick ging ins Leere, irgendwo zwischen Anni und Weiler, als hätte sie keinen von beiden wirklich vor sich. „Die Formalitäten sind erledigt", sagte sie schließlich tonlos. „Mehr habe ich nicht zu sagen."

Vor lauter Schock konnte Weiler kaum noch das Formular prüfen. Nach einem kurzen Blick darauf, schob er es Viktoria zur Unterschrift zurück. Als er schließlich den Stempel daruntersetzte, zitterten seine Hände. „Willkommen zurück", murmelte er – doch es klang mehr nach einer Frage als nach einem Gruß.

Anni schwieg. Sie spürte die Spannung, die wie eine schwere Last auf ihren Schultern drückte.

Cardea und das Flöckchen hingegen freuten sich: Endlich hatte sich eine Tür geöffnet, die über Jahrzehnte lang verschlossen war.

Der Schnee fiel dichter
Kapitel 9

Als Anni und Viktoria gemeinsam das Rathaus verließen fiel hinter ihnen die Türe schwer ins Schloss. Um nicht umzukippen, hielt sich Viktoria für einen Moment an der Hausmauer fest. Sie hatte das Gefühl, es würde ihr jeden Moment den Boden unter den Füßen wegziehen.

Es war ausgesprochen. Morgen, wenn nicht heute schon, würde das ganze Dorf über sie sprechen. Ihr Name, der vierzig Jahre in der Versenkung verschwunden war, würde die nächsten Wochen zum Mittelpunkt des Geschwätzes der Gemeinde werden. Sie werden Fragen stellen. Unangenehme Fragen. Mit dem Finger auf sie zeigen und alle würden wissen wollen, wo sie die letzten vierzig Jahre gewesen war. Warum sie damals ohne ein Wort bei Nacht und Nebel ihr Elternhaus verließ. Sie lockerte ihren Schal. Das Kleidungsstück, das ihr in den letzten Jahren Halt gab – ihr Anker war, als sie den Schmerz vor Heimweh nicht mehr aushielt – nahm ihr heute die Luft zum Atmen.

Anni bemerkte, dass sich Viktoria kaum noch auf den Beinen halten konnte. Wie sehr sie mit sich kämpfte. Doch Anni wagte es nicht, sie zu stützen. Sie noch einmal zu berühren. Unschlüssig, wie sie sich verhalten sollte, blieb sie einfach schweigend neben ihr stehen.

Die Tauben hockten still auf Fensterbrettern, Laternen, dem alten Brunnenrand und vor der Bäckerei. Kein Gurren. Kein leises Rascheln. Kein Flattern. Nur Schweigen.

Das Schweigen machte Anni noch nervöser, als sie ohnehin schon war. Sie wollte etwas sagen – irgend etwas. Etwas Tröstendes. Etwas, das Viktoria

Halt gab. Doch sie fand nicht die passenden Worte. Alles, was sie hätte sagen können, wäre zu klein, zu unbedeutend gewesen, für das, was in diesen Minuten in Viktoria vorging. Langsam, Schritt für Schritt, gingen sie den gepflasterten Weg entlang.

Und Viktoria sprach zum ersten Mal ein paar persönliche Sätze mit Anni.

„Es ist von Ihnen gut gemeint, dass Sie mich begleiten möchten, aber ich wäre jetzt lieber allein. Gehen Sie nach Hause."

Ihre Stimme klang nicht abweisend. Nur müde, leer, als wäre ihr jedes Wort zu schwer. Dann wandte Viktoria sich ab und ging die Straße hinunter – langsam, fast tastend, so als müsste sie den Boden erst wieder unter sich spüren. An der Abzweigung blieb Anni noch eine Weile stehen und wartete bis Viktoria nicht mehr zu sehen war. Sie im Dunst des Nebels verschwand.

Nach Hause soll ich gehen. Sie schüttelte den Kopf und dachte, es ist nicht mein zu Hause. Es gehört Viktoria. Es ist ein Vermächtnis an die verlorene Tochter.

Der Brief. Ich muss ihr den Brief geben. Ich hatte es versprochen.

Und etwas in ihr sagte, dass Viktoria Schilling jetzt zu einem Ort zurückkehrte, den sie selbst kaum verstand – vielleicht zu dem alten Grantler im Vorderen Dorf, vielleicht auch an jenen Platz, an dem vor vierzig Jahren das Schicksal unaufhaltsam seinen Lauf genommen hatte.

Cardea flog einen Kreis über Viktoria, blieb dann aber, ohne ihr zu folgen, auf einem Zaunpfahl sitzen. Das Flöckchen wirbelte hilflos neben ihr her. „Warum folgen wir ihr nicht? Und warum spricht sie nicht mehr mit uns?", fragte es.

„Weil Schweigen manchmal der einzige Weg ist, nicht zu zerbrechen", antwortete Cardea.

Alles, was an diesem Tag geschehen war, fühlte sich unwirklich an – wie ein Traum, den man festhalten wollte, aber nicht mehr greifen konnte. Entschlossen ging sie nicht zum Auto, sondern folgte ihrer inneren Stimme.

Der Weg führte sie zum Friedhof.

Das Tor quietschte, als sie es öffnete, und die Gräber verschwanden unter einem dünnen Schneeschleier, der sich im Laufe des Tages gebildet hatte. Anni ging den vertrauten Weg zu Schillings Grabstätte. Als sie am Grab stand, beugte sie sich hinab, tauchte die Fingerspitzen in das kalte Weihwasser und zog ein Kreuz über der Stirn. Dann lächelte sie schwach und flüsterte:

„Herr Schilling ... Sie hatten recht, sie ist heimgekommen. So wie Sie es immer sagten – über den Weg der Tauben. Ich kann es kaum glauben. Heute ist viel passiert. Wenn die Zeit reif ist, werde ich Viktoria den Brief geben."

Als ihre Worte verklangen, hörte sie eine Stimme – nah, brüchig, suchend.

„Wer bin ich? Wer ist meine Mutter?"

Anni horchte. Die Stimme kannte sie doch. Die Worte kamen von der Grabreihe gegenüber. Sie musste zweimal schauen. Das war doch Wick. Mit gesenktem Kopf stand er am Grab seiner Eltern. Er sprach leise. Fast nicht zu verstehen. Anni erreichten nur einzelne Wortfetzen.

„Wenn sie es wirklich ist ..., Wenn sie mich damals ..."

Anni trat näher. „Wick!“ Als er den Kopf hob, fuhr ihr ein Schreck durch den Körper. Sein Gesicht war wie versteinert, seine Augen leer. „Wick, was ist passiert? Was machst du hier?“

„Was machst du hier?“, fragte er sie mit unkontrollierbarer Stimme.

„Das ist eine lange Geschichte und ich denke, heute ist nicht der Tag sie zu erzählen.“, antwortete sie. Du wirst es morgen, wenn du ins Amt gehst als Erster erfahren. Wenn du es nicht schon weißt“, kam ein leiser Nachsatz.

Er lachte. Nicht fröhlich. Eher hart und ohne Freude. „Nicht der Tag? Heute ist der Tag, an dem alles, an das ich geglaubt habe, in sich zusammenfällt.“

Er trat einen Schritt zurück, dann wieder vor. „Ich will die Wahrheit wissen. Ich will wissen, ob sie meine Mutter ist!“

„Wick. Was redest du da? Du weißt doch, wer deine Mutter ist. Was soll das?“, entgegnete sie ihm, fassungslos über seine Worte.

Der Wind zog durch die Thujen am Rand des Friedhofs und verbreitete eine unheimliche Stimmung. „Lass uns morgen reden“, sagte Anni und berührte dabei seine Hand. Die Lichter auf den Gräbern wirkten beruhigend, so als wollten die Toten ihr Mut zusprechen.

„Lass uns heimgehen.“

Wick nickte. Wandte sich ab und verließ mit hängenden Schultern den Friedhof.

Anni schaute ihm hinterher. Als sie sich wieder umdrehte, fiel ihr Blick noch einmal auf das gepflegte Grab der Schillings, dass sie in regelmäßigen Abständen gerne für die zwei liebvollen Menschen pflegte.

Der Schnee rieselte sanft auf den Grabschmuck – den sie zu Allerheiligen besorgte – und deckte alles zu. So, als wollte er die Vergangenheit noch für einen weiteren Tag ruhen lassen.

Unterdessen ging Viktoria den Weg zu ihrer Unterkunft. Der Schnee verwischte ihre Spuren und die Häuser am Wegrand wirkten fremd, so als hätte sie diese noch nie zuvor gesehen. Ihre Gedanken taumelten zwischen Erleichterung und Angst. Das Geheimnis war nicht mehr ihres – ihr Name stand nun schwarz auf weiß in den Akten des Rathauses. Vierzig Jahre Schweigen hatten mit einem Stempel ihr Ende gefunden. Sie blieb unter dem windschiefen Vordach stehen, und im Schein der alten Hoflampe hob Ben kurz den Kopf. Der alte Hund sah sie wie immer ohne jedes Interesse an.

Viktoria beugte sich zu ihm hinunter, strich ihm über den Nacken und flüsterte: „Wie gerne wäre ich heute du."

Ben öffnete träge die Augen, sah sie an, als wollte er sagen: „Gott sei Dank bin ich nicht du."

Da huschte ein kaum sichtbares Lächeln über ihr Gesicht. Und schon war das Flöckchen zur Stelle und freute sich, dass sich in Viktorias Herz etwas bewegte.

„Cardea!", rief es. „Wo bist du? Hast du das gesehen? Viktoria hatte ein Lächeln um ihren Mund."

Cardea saß zufrieden unter dem schiefen Vordach und konnte von dort aus alles beobachten. „Ja, ich habe es gesehen. Freu dich. Du kommst deinem Ziel immer näher."

„Um das geht es doch schon lange nicht mehr. Der Name hat für mich keine Bedeutung mehr. Viktoria ist mir wichtig. Ich wünsche mir", sagte das Flöckchen, und drückte dabei ganz fest die Augen zu, „dass Viktoria endlich diese Schuld abwirft."

„Hab, Geduld, Flöckchen. Du wirst sehen, alles wird gut."

Viktoria streichelte noch einmal den alten Ben, öffnete dann die ausgebleichte Haustüre und verschwand.

Zu Hause stellte Anni den Teekessel auf den Herd. Das Wasser summte. Sie setzte sich an den Tisch, stützte das Kinn in die Hand und sah aus dem Fenster. Fragen über Fragen beschäftigten sie.

Wer war Viktoria wirklich? Weshalb war sie vor vierzig Jahren ohne Vorwarnung von heute auf morgen spurlos verschwunden? Wieso war sie jetzt zurückgekehrt?

Ein Klopfen holte sie aus ihren Gedanken – zuerst leise, dann dringlicher. Anni öffnete das kleine Fenster in der Haustüre. Draußen stand Wick – blass, durchnässt, atemlos. Der Schnee klebte in kleinen Eiskristallen in seinem Haar. In seiner Hand hielt er eine rote Decke. „Ich musste herkommen", sagte er rau. „Ich halte das nicht mehr aus."

Anni ging einen Schritt zur Seite. „Komm rein."

Er ging ins Wohnzimmer, blieb aber unschlüssig stehen, als wüsste er nicht, wo er anfangen sollte.

„Was ist passiert ...? Sprich endlich mit mir!"

Mit zittrigen Fingern reichte er ihr einen Umschlag. „Das hat mir der Notar nach dem Tod meiner Mutter gegeben. Ich konnte es nie verstehen – und hatte es auch verdrängt. Verdrängt, bis zu dem Tag als diese Frau vor dem Rathaus auftauchte und nicht mehr wegging."

Anni öffnete zaghaft das Kuvert und nahm das vergilbte Papier heraus. Sie hielt es in der Hand und fragte leise: „Was ist das, Wick? Warum soll ich deinen Brief lesen?"

Er sah sie schweigend an und deutete ohne Worte: „Lies endlich diese Nachricht.“ Auf dem Papier stand: Mein Name ist Viktor. Meine Mutter hat mich aus Liebe ausgesetzt.

Anni las die Worte zweimal, dreimal. Dann hob sie den Blick. Wick stand am Fenster, mit dem Rücken zu ihr, die Schultern angespannt.

„Ich weiß nicht, warum – aber als du im Rathaus ihren Namen sagtest“, flüsterte er, „war mir, als würde mir jemand die Seele aus dem Leib reißen.“

„Von wem sprichst du?“ Anni verstand gar nichts mehr. Die Situation überforderte sie komplett.

„Ich spreche von der Frau, bei der du seit Tagen jeden Tag auf der Bank sitzt.“

Ungläubig schüttelte sie den Kopf. „Warum bitte, sollte Viktoria Schilling deine Mutter sein? Das ergibt doch keinen Sinn!“

„Keinen Sinn, sagst du! Ich werde in diesem Monat, genau am 24.Dezember, vierzig Jahre alt. Und der Schal, den sie trägt – derselbe Farbton, dasselbe Garn wie diese Decke hier, in die ich gewickelt war, als mich mein Vater im Wald als Säugling fand.“

„Was redest du da? Woher willst du das wissen?“

„Ich weiß es einfach. Doktor Unger, der Notar, der Sohn meines Taufpaten, hat mir erklärt, dass ich nie adoptiert wurde, aber auch nicht das Kind meiner Eltern bin.“

„Wick, ich verstehe nicht. Du redest Unsinn.“

„Meine Mutter hatte zwei Fehlgeburten. Und als mein Vater mich damals – am 24. Dezember – bei der Such nach einem passenden Christbaum am Heiligen Abend im Wäschekorb gefunden hatte, weinend, in einer roten Wolldecke gewickelt – dieser Wolldecke hier –, hat er kurzentschlossen entschieden:

Das ist Schicksal, es meint es gut mit ihm und seiner Frau, ein Geschenk Gottes.

An eine Straftat dachten meine Eltern zu keiner Sekunde. Doktor Unger, ein alter Freund meines Vaters, hatte alles geregelt, ohne irgendwelche Spuren zu hinterlassen. Er war bei der vermeintlichen Hausgeburt dabei und konnte bezeugen, dass ich ein echter Leitner bin. Wie sagte er immer? – Dem Vater wie aus dem Gesicht geschnitten – dass ich nicht lache. Sie haben mich mein ganzes Leben belogen."

Anni musste sich setzen. Ihre Knie wackelten. „Das glaube ich jetzt nicht. Warum sollte Viktoria Schilling dich ausgesetzt haben?"

„Ich weiß es doch auch nicht! Vielleicht aus Angst. Scham. Ich weiß nur, ich muss wissen, wer mein Erzeuger ist. Wessen Gene ich in mir trage."

„Ich verstehe das nicht", antwortete Anni. „Das hätte sie doch ihren Eltern sagen können. Die Schillings waren liebenswürdige Leute. Da musste noch mehr dahinterstecken."

„Kann ich heute Nacht bei dir bleiben?", fragte Wick unvermittelt und schaute Anni tief in die Augen.

„Ich freue mich, wenn du bleibst", lächelte sie. „Und wenn ich richtig denke und es stimmt, was du vermutest – ist das hier dein Haus. Das Haus deiner Großeltern."

Wick schwieg. Das alles war zu viel.

„Ich mache dir auf der Couch im Wohnzimmer dein Bett zurecht", sagte sie mitfühlend.

„Und ich ..., ich werde mich noch einmal auf den Weg machen und Viktoria aufsuchen." – „Du bleibst und versuchst ein wenig herunterzukommen."

Wick sah kurz auf, dann wieder hinunter auf seine Hände. „Und wenn sie wirklich meine leibliche Mutter ist …?“

„Dann wirst du es erfahren“, unterbrach sie ihn. „Aber nicht heute. Heute höre ich Viktoria zu.“

Er nickte ihr dankbar zu. „Pass auf dich auf.“

Draußen war die Luft schneidend klar. Jeder Atemzug brannte in ihrer Kehle. Um ein paar klare Gedanken zu fassen, ließ Anni das Auto in der Garage stehen und bevorzugte den längeren Fußweg. So konnte sie sich auf das Gespräch mit Viktoria vorbereiten und ihre Gedanken ordnen. Gedankenverloren stapfte sie durch den Neuschnee hinauf zum anderen Ortsteil, in dem Viktorias Unterkunft lag. Der Wind hatte alle Spuren verweht. Nur eine Reihe kleiner Vogeltritte führte vor ihr her. Als sie ankam, stand die Haustüre halb offen und ein schwacher Lichtschein fiel auf die Stufen. Anni stieß vorsichtig die Tür auf. Viktoria saß auf einem Stuhl im Flur, den Mantel noch umgelegt, die Hände tief in dem roten Schal vergraben.

„Ich wusste, dass Sie kommen würden“, sagte sie, ohne aufzusehen.

Anni nickte, zog die Tür hinter sich zu und setzte sich auf die ausgekühlte Treppenstufe.

„Ich weiß, es ist spät“, begann sie. „Aber keiner von uns würde heute Nacht schlafen, wenn wir nicht reden. Wick ist bei mir – in Ihrem Elternhaus. Im Haus seiner Großeltern“, sagte sie mit Nachdruck. Er hat mir den Brief gezeigt, den Sie damals beigelegt haben.“

Viktoria schloss die Augen.

„Mein Name ist Viktor. Meine Mutter hat mich aus Liebe weggegeben“, flüsterte Anni.

Schweigen folgte. Viktoria hob den Kopf und ihre Augen wirkten dabei älter als ihr Gesicht.

„Ich war im April gerade mal sechzehn geworden", begann sie. „Behütet, geliebt, unberührt, als ich auf dem Bauernhof im oberen Dorf aushalf, die Setzlinge für die Frühjahreskartoffel in den Boden zu legen. Ich war unbeschwert. Fröhlich. Glaubte an ein gutes Leben.

Dann kam er. Er nahm sich, was er wollte. Ein „Nein" akzeptierte er nicht. Er ließ Gewalt walten. Ich trug den Schmerz allein in mir. Ich schwieg. Sagte zu niemandem ein Wort. Nicht meinen engsten Freunden. Nicht meinen Eltern. Ich schämte mich. Und als ich merkte, dass ich schwanger bin, war es zu spät. Ich wollte und konnte meinen Eltern diese Schande nicht zumuten. Viktor wurde am 24. Dezember im Taubenschlag meines Vaters geboren. Unter schlimmsten Schmerzen brachte ich den kleinen Viktor morgens um fünf Uhr allein zur Welt.

Überall war Blut. Niemand konnte mir helfen. Nur die Tauben waren meine Zeugen. Ich wusste, dass ich den Kleinen nicht behalten konnte. Wochen zuvor strickte ich ihm die Decke, legte den Brief dazu und hoffte, dass ihn gute Menschen finden würden. Eltern, die ihn liebten. Ich nannte ihn Viktor – damit er ein einziges Andenken von seiner leiblichen Mutter hatte."

Ihr blasses Gesicht bekam rote Flecken, und die Worte brachen wie eine unaufhaltsame Flut aus ihr. Sie machte eine kurze Pause, bevor sie aufgewühlt weitersprach. „Das Ehepaar Leitner hatte alles richtig gemacht. Sie haben Viktor seinen Namen gelassen. Er war für sie immer ihr Sohn, ihr eigen Fleisch und Blut, und so soll es auch bleiben."

Annis Mund wurde trocken. Sie konnte nichts sagen, zu sehr war sie von Viktorias Schicksal berührt. Als sie endlich wieder ihre Stimme fand, fragte sie: „Warum sind Sie jetzt zurückgekehrt?"

„Vor vierzehn Jahren las ich in der Zeitung über den jüngsten Bürgermeister Bayerns – Viktor Leitner. Ich sah das Foto, las sein Alter, und ich wusste: 'der junge Jurist ist mein Viktor'. Jahrelang trug ich die Sehnsucht in mir, ihn wenigstens einmal zu sehen. Ich hatte Angst. Angst davor, dass genau das passiert, wie es jetzt ist. Ich hatte und habe nicht den Mut, zu meiner Sünde zu stehen."

Tränen liefen ihr über die Wangen. „Ich weiß, er wird mir nie verzeihen. Das ist auch in Ordnung."

Anni nickte stumm und sagte dann nach einer längeren Pause: „Ihre Eltern haben mir einen Brief gegeben. Sie glaubten fest daran, dass Sie irgendwann zurückkommen. Und ihr Wunsch hatte sich erfüllt, Sie sind heimgekommen. So wie es sich Ihr Vater immer wünschte. Und das Haus. Es ist Ihr Haus. Es gehört Ihnen."

Viktoria sah Anni lange an. „Den Brief nehme ich. Aber das Haus bleibt bei Wick und Ihnen. Dort, wo es hingehört."

Anni spürte, wie sehr Viktoria die Vergangenheit belastete und sie Kraft kostete. „Macht es Ihnen etwas aus, mich jetzt allein zu lassen?", fragte Viktoria leise. „Ich möchte in Gedanken meine Abreise vorbereiten."

Anni, konnte nicht glauben, was sie da hörte: „Sie können doch jetzt nicht wieder verschwinden", entkam es ihr entsetzt. „Es steht mir nicht zu, Ihnen einen Vorwurf zu machen. Ich bin überzeugt, dass Sie viel mitgemacht und gelitten haben. – Aber auch die Menschen, die Sie ohne Worte zurückließen, mussten viel Leid ertragen. Allein, wenn ich an Ihre Eltern denke. Sie können jetzt nicht wieder einfach verschwinden."

Viktoria lächelte schwach. „Doch, das kann ich. Ich habe meinen Sohn gesehen. Ich weiß, dass es ihm gut geht und er mit Ihnen eine gute Frau gefunden hat."

„Und der Mann, der Ihnen das angetan hat? Soll der ungestraft bleiben?“

„Ich möchte keine alten Wunden aufreißen. Der Mann ist längst tot. Und Tote soll man ruhen lassen. Es würde sowohl seine Familie als auch Wick nur belasten. Bitte gehen Sie jetzt, Anni.“

„Viktoria, so darf ich Sie doch nennen, oder? Wie stellen Sie sich das vor? Wick muss die ganze Wahrheit erfahren. Sie können ihn jetzt nicht wieder allein zurücklassen. Sie werden doch nach vierzig Jahren nicht denselben Fehler machen wie damals“, versuchte Anni mit aller Anstrengung, der Frau ins Gewissen zu reden.

„Lassen Sie es gut sein. Ich habe kein Recht, hier zu bleiben. Ich habe Licht in die Dunkelheit gebracht, und ich denke, es wird für alle das Beste sein, wenn ich wieder gehe.“

Anni war bewusst, dass sie heute nichts mehr erreichen konnte, egal wie sehr sie sich anstrengte, die Frau eines Besseren zu belehren. Anni stand auf, zögerte noch einmal kurz, ob sie jetzt wirklich gehen sollte, nickte schließlich und verließ enttäuscht das Haus.

Der Mond stand mit seiner ganzen Fülle hoch am Himmel und leuchtete ihr den Weg nach Hause. Sie wusste nicht, wie sie Wick das alles erklären sollte. Solche Geschichten kannte sie nur aus dramatischen Filmen. Wie sollte Wick jemals damit klarkommen, dass er aus einer Gewalttat geboren wurde?

Die Wahrheit unter dem Schnee

Kapitel 10

Erschöpft von den Ereignissen des Tages machte sich Anni auf den Heimweg. Beim Verlassen der Hofeinfahrt sah sie Cardea auf einem Fenstersims unter dem Dach sitzen. Verwundert, fast ungläubig, blieb sie stehen.

Habe ich jetzt schon Halluzinationen – oder hat diese Taube gerade gesprochen?

Kopfschüttelnd ging sie weiter.

Herr Schilling hatte ihr viel über Tauben erzählt – über ihre Treue, ihr Wiedererkennungsvermögen, ihre ausgeprägte Orientierung. Aber dass sie sprechen konnten, das hatte er ganz sicher nicht gesagt. Wundern würde sie nach diesem Tag allerdings nichts mehr.

Sie drehte sich noch einmal zu dem alten Holzhaus um und entdeckte Viktoria am Fenster ihrer Kammer, die tatsächlich mit der Taube sprach.

Seltsam dachte Anni und ging weiter. Sie wollte nur noch nach Hause.

Heim. Heim zu Wick.

Wie solle sie ihm das alles erklären? Die Wahrheit über seinen gewalttätigen Vater – Vater, so durfte sie ihn schon gar nicht nennen. Wie hatte Wick gesagt? „Er ist nur mein Erzeuger."
Wie würde Wick mit dieser Nachricht, das Erzeugnis einer Vergewaltigung zu sein, umgehen? Anni wagte es kaum, den Gedanken zu Ende zu führen. Sie liebte Wick – so sehr, dass sie ihm keine weiteren Schmerzen zufügen wollte.

Musste er wirklich alles erfahren, die ganze Wahrheit?

Zumindest würde Viktorias Handeln in einem anderen Licht erscheinen, auch wenn sich ein solches Vergehen nie wirklich entschuldigen ließ.

Anni kannte Wick seit der Schulzeit. Obwohl er zwei Klassen über ihr gewesen war, hatte sie sich schon damals heimlich in ihn verliebt. Zuerst war es nur Schwärmerei – ein Blick in der Aula, ein verstohlener Gruß auf dem Heimweg.

Doch bei der gemeinsamen Klassenfahrt mit der Oberstufe kam alles zusammen: ein Lächeln, ein Tanz, ein erster Kuss. Für Anni tanzten die Wolken. Sechs Monate dauerte ihr Glück an, dann hatte Wick ihr erklärt, er wollte sich während seines Jurastudiums in München auf nichts festlegen – keine Beziehung, keine Verpflichtung, keine Ablenkung. Anni hatte das akzeptiert, zumindest mit dem Verstand. Ihr Herz aber hatte ihn nie gehen lassen.

Als dann Wick nach dem zweiten Staatsexamen zurückkam, war er gereift, aber immer noch derselbe Wick: klug und charismatisch, mit diesem Ausdruck in seinen schwarzen Augen, der alles und nichts versprach.

Ohne zu zögern und voller Mut kandidierte er für das Amt des Bürgermeisters – und die Dorfbewohner wählten ihn mit Begeisterung.

Zwischen ihm und Anni war all die Zeit ein unsichtbares Band geblieben. Sie waren nie zusammen, kamen aber auch nie so richtig voneinander los. Es gab immer wieder Begegnungen, heimliche Gespräche, flüchtige Nächte – zu selten, um es eine Liebe zu nennen, zu viel, um sie zu vergessen.

Anni lief zügig nach Hause. Obwohl es längst Nacht war und Vögel um diese Zeit eigentlich ruhten, begleiteten sie einige Tauben auf ihrem Heimweg.

Ihre Flügel rauschten leise über ihr, tauchten auf, verschwanden wieder, als wollten sie sagen: Du bist nicht allein.

Langsam flatterten sie um sie herum, kaum hörbar, wie ein lebendiger Trost im winterlichen Zauber der Nacht.

Ob Wick wohl noch wach war?

Für Anni war es ein beruhigender Gedanke, ihn daheim zu wissen, den Mann, den sie einst geliebt hatte und der nie ganz aus ihrem Herzen verschwunden war.

Als Anni die Haustür aufschloss, sah sie Wick am Sekretär sitzen, den Brief der Schillings an seine leibliche Mutter in der Hand.

Ein unsagbarer Schmerz lag in seinem Blick.

„Ich kann es nicht glauben“, sagte er heiser. „Plötzlich taucht wie aus dem Nichts eine zweite Mutter auf – und zur selben Zeit sitze ich hier, im Haus meiner nie gekannten Großeltern.“

Annis Blick fiel auf das kleine Foto auf dem Sekretär, das sie als Erinnerung an das Ehepaar Schilling aufbewahrt hatte. Erst jetzt stellte sie fest, wie sehr Wick seinem Großvater ähnelte. Ein kalter Schauer lief ihr über den Rücken. Sie musste sich von diesen Gedanken ablenken. Wie sehr hätten sich die Schillings über ihren Enkel Wick gefreut. Oh Gott, Viktoria, was hast du nur für einen Scherbenhaufen hinterlassen?
„Komm, Wick“, sagte sie erschöpft. „Lass uns zu Bett gehen. Es war ein langer Tag.“

Er sah sie an und suchte in ihrem Gesicht nach Halt.

„Hast du sie getroffen? Wie hat sie sich verteidigt? Welche Entschuldigungen kann es geben, ein Kind, einen neugeborenen Säugling, im Winter auszusetzen, ohne zu wissen, ob er auch wirklich gefunden wird?"

Der Gedanke an solch eine Szene ließ Anni zusammenzucken. Sie spürte, wie die Müdigkeit über sie fiel und ihre Glieder schwer wurden.

„Bitte Wick, heute nicht mehr", sagte sie leise. „Ich bin zu müde, um dir alles zu erzählen. Lass deine Sekretärin morgen alle Termine absagen, und wir bleiben zu Hause. Dann reden wir über alles."

Wick schwieg und legte den Brief, der für Viktoria bestimmt war, auf den Sekretär zurück. Er stand auf, nahm die rote Decke, ging in die Küche und warf sie mit einer heftigen Bewegung wütend in den Mülleimer.

„Weißt du was, Anni? Wir lassen die Vergangenheit dort, wo sie hingehört. In den Müll. Ich möchte davon nichts mehr sehen und hören."

Zu gut konnte Anni seine Gefühle verstehen. Und insgeheim war sie dankbar, so musste sie ihm nicht die Wahrheit über seinen Vater sagen – noch nicht.

„Macht es dir etwas aus, wenn ich bei dir schlafe und nicht auf der Couch?", fragte er zögernd.

Anni lächelt, trotz allem, was der Tag gebracht hatte. „Nein, Wick, im Gegenteil, es macht mich glücklich, dich so nah bei mir zu haben."

Als sie kurz darauf in Wicks Armen lag, war ihr letzter Gedanke, bevor sie in einen tiefen traumlosen Schlaf fiel: Er durfte die Wahrheit über seinen Vater nie erfahren.

Als Wick am nächsten Morgen die Augen öffnete, wusste er für einen Augenblick nicht, wo er war. Erst als er Annis Atem an seiner Schulter spürte, kam die Erinnerung zurück. Einen Moment lang wünschte er sich, dass der gestrige Tag einfach nur ein Traum gewesen war und er mit ihr jeden Tag so aufwachen dürfte.

Anni schlug die Augen auf und kuschelte sich noch enger an Wick. „Guten Morgen“, sagte sie leise. „Wie hast du geschlafen?“

„Unruhig“ antwortete er. „Gestern war viel passiert. Aber es war schön, dass ich bei dir sein durfte“, ergänzte er.

Anni warf ihm noch einen hoffnungsvollen Blick zu, bevor sie das Bett verließ. Sie ging zum Fenster, zog die Vorhänge auf und entdeckte die sonderbare Taube auf dem Fenstersims. Anni wunderte sich, denn normalerweise wich dieser außergewöhnliche Vogel nicht von Viktorias Seite – doch nun sitzt er hier und lässt Anni nicht mehr aus den Augen.

Anni wurde nervös und überlegte, was wollte dieser Vogel von ihr?

Sie warf sich einen Morgenrock über, verließ das Schlafzimmer und ging in die Küche, um Kaffee aufzusetzen. Außen folgte Cardea ihr von einem Fenster zum anderen und ließ sich dann mit ausgerichtetem Blick auf Anni vor dem Küchenfenster nieder.

War etwas mit Viktoria? Sie schob den Gedanken zur Seite. In diesem Moment war ihr das Zusammensein mit Wick wichtiger, auch wenn sie wusste, dass Viktoria allein geblieben war. Allein mit ihren Erinnerungen, ihrer Schuld und vielleicht auch allein mit dem stillen Wunsch, diese Welt zu verlassen.

Wick kam in die Küche, trat hinter sie und küsste ihren Nacken. „Wo bist du mit deinen Gedanken?“

„Nichts“, blockte sie ab. „Ich habe uns Kaffee aufgebrüht,“ Sie reichte ihm eine Tasse. Er sah sie lange an, ruhig, offen, fast weich.

„Anni, ich weiß, dass du mehr weißt, als du mir sagen willst.“ Er nahm einen Schluck. „Aber ich möchte dich nicht drängen. Ich vertraue dir.“

„Ich dachte an den Brief."

„Wenn du glaubst, dass Viktoria den Brief haben soll, dann bring ihn ihr."
„Das werde ich auch tun. Ich hatte es den Schillings fest versprochen. Ist es für dich in Ordnung, wenn ich nach dem Frühstück zu Viktoria fahre?"

Wick nickte.

„Der Name: Viktor.", sprach er weiter. „Eigenartig. Was ich mich bereits in jungen Jahren fragte: warum mich meine Eltern von klein auf „Wick" nannten. Nie haben sie meinen ganzen Namen ausgesprochen.

Ich erinnere mich noch gut daran, es gab eine Zeit, in der es sich anfühlte, als würde ein Teil von mir fehlen. Nicht einmal in der Schule sprachen sie meinen korrekten Namen aus. Kein Lehrer, keine Freunde, einfach niemand. Nicht einmal du, Anni."

„Ich wusste gar nicht, dass du nicht Wick, sondern Viktor heißt. Es ist mir auch nicht wichtig. Für mich warst und bleibst du immer Wick."

Er schüttelte den Kopf. „Das Gefühl, dass ich nicht vollständig bin, kam eigenartigerweise immer wieder in mir zum Vorschein. Allerdings fand ich dafür auch nie eine Erklärung."

„Ach Wick, mir tut das alles so leid."

„Es ist wie es ist." Wick zuckte hilflos mit den Achseln. „Ich rufe Marga an, damit sie weiß, dass ich heute nicht ins Büro komme."

Anni ging zum Sekretär und nahm den Brief, der im Moment genauso schwer wog, wie die Last, die auf Wicks Schultern drückte. Als sie das Haus verließ, musste sie erst die Schneeschaufel aus dem Keller holen und sich den Weg freischaufeln. Während sie die Fenster ihres Autos vom gefrorenen Schnee befreite, dachte sie daran, ob Viktoria wohl auch im Winter mit den Tauben leben würde. Anni stieg in ihren kleinen Fiat, machte Front- und Heckheizung an und fuhr Richtung Vorderes Dorf.

Als sie an Viktorias Unterkunft ankam, wunderte sie sich, dass die sonderbare Taube schon wieder auf dem Hof war. Gerade eben hatte sie doch noch bei Anni vor dem Küchenfenster gesessen und neugierig jeden ihrer Handgriffe verfolgt.

Anni stellte das Auto ab und stieg aus. Als sie auf das Scheunentor zuging, sah sie, wie der alte Grantler – so wurde er im ganzen Dorf genannt – die Hühner fütterte und dabei laut vor sich hin murrte? Anni konnte aber nicht verstehen, was er alles von sich gab.

„Guten Morgen“, grüßte sie freundlich. „Kann ich bitte zu Viktoria ins Haus gehen?“

Der Alte sah sie feindlich an. „Was willst du? In mein Haus gehen? Da könnte ja jeder daherkommen.“

„Ich würde gerne Ihre Untermieterin, Viktoria, sprechen“, ignorierte sie seine Bemerkung und hakte nach.

„Wen willst du sprechen?“, fragte er unwirsch. „Ich kenne keine Vik ... Wer soll das sein? Wir sind doch hier nicht auf dem Bahnhof, dass jeder kommen und gehen kann, wie er will.“

Anni fühlte sich von dem Alten überrumpelt. Sie war es gewohnt, dass man, wenn man anständig fragte, auch eine anständige Antwort bekam. Sie räusperte sich gut hörbar: „Kann ich jetzt bitte Viktoria sprechen?“

„Redest du von dem undankbaren Weib, das Monate bei mir gewohnt und heute Nacht ohne ein Wort das Haus verlassen hat? Weg. Sie ist einfach gegangen. Verstehst du? Weg. Jetzt kann ich den ganzen Scheiß hier wieder allein machen.“

Anni spürte, wie es ihr den Boden unter den Füßen wegzog.

„Wie weg? Sie ist nicht mehr da?“

„Genau. Das hast du richtig verstanden. Im Haus auf dem Tisch liegt ein Brief. Ich glaube, der ist vielleicht für dich. Geh rein und hol ihn, und dann verschwindest du wieder.“

Anni blies ihre Backen auf, schloss die Augen und stieß hörbar den Atem aus. „Das darf doch nicht wahr sein.“

Sie lief ins Haus, schnappte sich den Umschlag vom Küchentisch, bedankte sich noch schnell bei dem frustrierten Alten und hoffte, dass sie auf dem Weg zum nächsten Bahnhof Viktoria noch antreffen würde.

Schnell fuhr sie die Strecke zum Bahnhof ab. Weit und breit keine Viktoria. Anni machte sich schreckliche Vorwürfe, warum sie nicht schon früher den Weg zu der Taubenfrau gesucht hatte. Warum sie heute Morgen nicht auf die Taube reagiert hatte. Wenn Viktoria sich jetzt etwas antun würde ...

Cardea und Flöckchen lauschten traurig dem Gespräch zwischen Viktorias Vermieter und Anni.

„Dass sie uns auch gar nicht verstehen kann“, jammerte Cardea. „Ich könnte Anni so viel erzählen.“

„Was können wir jetzt noch tun?“, fragte das Flöckchen aufgeregt. „Anni braucht doch gerade jetzt jemand, mit dem sie sprechen kann. Jemand der ihr alles erklären kann!“

„Mir fällt niemand ein“, sagte Cardea bedrückt, nachdem sie lange nachgedacht hatte. „Es ist zum Verzweifeln.“

„Welches Herz habe ich nun berührt?“, fragte Flöckchen traurig. „Die Taubenfrau ist wieder verschwunden, ohne sich mit ihrem Sohn auszusöhnen. Und Viktor bleibt mit vielen offenen Fragen zurück.“

„Das siehst du falsch, Flöckchen. Wir haben trotzdem viel erreicht. Allein, dass Viktoria in ihre Heimat zurückgekehrt ist und Anni kennengelernt hat. Sie sich bei Herrn Weiler gemeldet hatte, und dass sie das lange Gespräch mit Anni führte. Das ist ein großer Fortschritt. Kannst du dich erinnern?", fragte Cardea. Stolz sagte sie: „Ich heiße Cardea, ich bin die Schwelle zwischen Vergangenheit und Zukunft. Der erste Schritt, um gestern und morgen zu vereinen – er ist getan. Du wirst sehen, Viktoria kommt eines Tages aus der Vergangenheit zurück und wird sich der Zukunft mit aller Verantwortung stellen."

Cardea hielt kurz inne. „Eines Tages wirst du es verstehen, Flöckchen. Auch du hast auf dieser Reise viel gelernt. Du kannst frostig und stolz zu deinem Petrus zurückkehren und ihm sagen:

Ich bin geblieben, auch wenn ich gehen wollte.

Ich bin kalt geblieben, auch wenn ich mich auflösen wollte.

Ich habe Unangenehmes nicht einfach weggewischt, und ich habe Herzen berührt und geöffnet.

Ich bin sicher, jetzt bekommst du endlich deinen eigenen Namen."

„Weißt du was, Cardea, der Name ist mir nicht mehr wichtig. Du bist mir wichtig, und ich möchte für dich immer Flöckchen bleiben. Du hast mich immer mit Respekt behandelt. Mich nie wie Schwester Hochmut ausgelacht oder verspottet. Ich weiß jetzt, wer ich bin. Und ich freue mich bereits heute, auf unsere nächste Begegnung und die Herausforderung zwischen gestern und morgen."

Cardea spannte ihre Flügel, flatterte noch kurz, bevor sie mit einem lauten „Gru, Gru" in Richtung Himmel flog. Im Flug rief sie dem Flöckchen noch zu: „Übrigens: schöne Weihnachten!"

Als Anni zu Hause ankam und die Haustür öffnete, spürte sie eine angenehme Wärme. Wick saß vor dem Kamin und blickte gedankenverloren in das lodernde Feuer. Als er ihre Schritte hörte, hob er den Kopf und blickte sie erwartungsvoll an.

„Und, hast du ihr den Brief von ihren Eltern gegeben?“ Während er fragte, sah er, dass Anni zwei Briefe in der Hand hielt. „Was ist das?“, wollte er wissen. „Ich will keinen Brief von ihr. Für mich gibt es diese Frau nicht, und es hat sie auch nie gegeben.“

„Der Brief ist nicht für dich. Er ist an mich adressiert“, antwortete Anni ruhig.

„Dann ist ja gut.“ Doch so ganz konnte Wick seine Neugier doch nicht abstellen. „An wen ist dann der andere Brief? Du hältst zwei Umschläge in deiner Hand.“

„An Viktoria.“

Wick sah sie fragend an.
„Sie ist fort“, sagte Anni fast flüsternd.

„Wie, sie ist fort?“

„Ja, du hast richtig verstanden. Es ist vorbei.“
Anni konnte nicht sehen, wie diese Nachricht bei Wick wirklich ankam. Einerseits zeigte er sich erleichtert, dann wirkte er wieder nachdenklich. Wie eingeklemmt. In eine Schublade, die sich nicht öffnen und auch nicht schließen ließ.

Eine Weile schwiegen sie. Schließlich zog Anni sich in die Küche zurück und öffnete den Brief:

Liebe Anni,

wenn du diese Zeilen liest, bin ich fort – aber nicht, um zu fliehen. Ich gehe, weil ich nach all den Jahren endlich den Mut gefunden habe, der Wahrheit ins Gesicht zu sehen.

Ich habe zu lange geschwiegen, zu lange geglaubt, das Schweigen schützt.
In Wirklichkeit zerstört es nur, was einst einmal gut war.

Du warst die Einzige, die geblieben ist.

Du hast gesehen, was andere nicht sehen wollten, und trotzdem nicht geurteilt.

Dafür danke ich dir – aus meinem Herzen, das lange verschlossen war.

Sage Viktor bitte nicht alles auf einmal.

Er soll die Wahrheit erfahren, aber nur Stück für Stück, so wie es Menschen vertragen, wenn sie aus einer langen Dunkelheit kommen.

Ich weiß, du wirst spüren, wann der richtige Augenblick ist.
Die Taube Cardea habe ich gebeten, bei euch zu bleiben, bis Frieden eingekehrt ist.
Sie ist sehr klug, sie wird wissen, wann ihre Aufgabe erfüllt ist.

Es gibt Schuld, die man nicht auslöschen kann, aber man kann aufhören, sie zu nähren. Vielleicht ist das, was ich jetzt tue, mein erster richtiger Schritt dahin.
Ich weiß, du siehst das anders. Aber eines Tages wirst du mich verstehen.

Dass meine Eltern so leiden mussten, tut mir unendlich leid. Aber ich konnte damals nicht anders. Meine Seele war zu sehr verletzt. Ich fühlte mich beschmutzt, nicht mehr rein. Ich war es mir nicht mehr wert, geliebt zu werden.

Wenn du eines Tages durch den Schnee gehst und sich eine Taube auf deiner Schulter niederlässt, dann denk daran: Jede Vergangenheit hat auch eine Zukunft. Diese Worte hat mich Cardea gelehrt und ich möchte sie nun an dich und Viktor weitergeben.

Viktoria

Anni faltete den Brief zusammen und blieb noch lange in der gemütlichen Küche sitzen. Draußen fing es wieder leicht zu schneien an. Eine weiße Taube mit rotem Schnabel saß auf einem Ast und nickte leicht, als wollte sie sagen: „Alles wird gut."

ENDE DES ERSTEN TEILS

Epilog:

Am nächsten Morgen roch das Haus nach Kaffee und Wärme. Wick hatte sich für die ganze Woche Urlaub genommen und blieb bei Anni. Er trat ans Fenster und sah in den weißbedeckten Garten hinaus, als Anni von hinten auf ihn zu kam und ihre Arme eng um ihn schlang.

„Sollen wir zusammen Weihnachten feiern?", fragte Wick.

Anni strahlte ihn an, schloss für einen Moment die Augen und nickte ihm glücklich zu.

Vorschau 2. Teil

"Die Taubenfrau"

Wick sagt, er will die Vergangenheit ruhen lassen.
Doch die Wahrheit lässt ihn nicht los. Er schläft kaum noch,
sucht nach Antworten, die niemand zu geben scheint.
Anni spürt die Unruhe in seinen Augen – ihre Angst um ihn
treibt sie fast in den Wahnsinn. In ihrer Not ruft sie nach Cardea,
um die Taubenfrau zu finden. Die Spuren führen in die Schatten eines
verwunschenen Bergdorfes, weit hinter dem weißen Felsen.
Und als Wick nach einer langen, rastlosen Suche seiner Mutter begegnet,
fällt ein Name, der alles verändert …

Ein herzliches Dankeschön an:

Peter, meinem Ehemann und besten Freund, der mich ermutigte, dieses wunderbare Buch zu schreiben.

Anja und Philipp, meine Kinder, die nie aufhörten, an mich zu glauben.

Justin und Emely, meine geliebten Enkelkinder, die immer wieder liebevoll fragten: Oma, kommst du gut voran?

Jessy Schneider, die zu jeder Zeit für mich da war und jedes technische Problem löste.

Julia Heinecke, meine Lektorin, die mich viel lehrte ...

Ernst Carli, meinem Freund, für seine kreative Begleitung in Grafik und Gestaltung.

Rainer Bartesch, für jeden klangvollen Notensatz für die Inszenierung „Wildfräuleinstein".

Jasmin Zint, Martha Reitmeier, Mimo Stago für die Illustrationen.

Frau Lindgens für die Hilfe beim Verlag.

Judith Fügenschuh, Rudi Schweiger und Edi Reitzner, die mir beim Feinschliff dieses Buches zur Seite standen – mit Herz, Humor und ehrlichem Blick.

Und an all jene, von denen in diesen Geschichten die Rede ist – sie leben auf diesen Seiten weiter.

Quellennachweis

- Die Geschichten „'s Christkind kutt", „Wiehnächte" und „D'billege Botsche" stammen ursprünglich von Josef Haberstock (im Auftrag der Spenglerei Weber/. Peter Weber, Bad Hindelang, 1987/1989/1990 verfasst), überarbeitet und sprachlich angepasst von Margot Keck und Rudi Schweiger.
- Die Erzählung „Die Nacht der wilden Fräulein" ist eine eigenständige literarische Neuschöpfung von Brigitte Weber. Sie wurde inspiriert durch die überlieferte Sage vom Wildfräuleinstein in Hinterstein (Allgäu), die seit Generationen im Ostrachtal erzählt wird und in verschiedenen Sagensammlungen erwähnt ist, u. a. bei Alfons Schweiggert, Sagenhaftes Allgäu (Rosenheimer Verlagshaus, 1993) und Josef Anton Heigl, Sagen und Geschichten aus dem Allgäu" (1992), sowie in regionalen Überlieferungen des Heimatvereins Bad Hindelang. Die Figuren, die Handlung, die Sprache und die szenische Gestaltung – insbesondere die Figur Mirl mit dem verlorenen Lächeln sowie die Figur des siebten Fräuleins – stammen ausschließlich aus der Feder der Autorin Brigitte Weber.
- Das Lied „Stille Nacht, heilige Nacht" – Text: Joseph Mohr (1792–1848), Melodie: Franz Xaver Gruber (1787–1863) – ist gemeinfrei und wird in dieser Ausgabe in künstlerischer Fassung und szenischer Deutung wiedergegeben.
- Das Lied „Wir lassen dich nicht allein" entstand 2025. Text: Brigitte Weber, Musik: Rainer Bartesch. Es wurde eigens für den Hirtenadvent im Ostrachtal 2025 komponiert.

Impressum

ISBN:	3-934739-74-1
Copyright:	Weber Brigitte
Titel:	Weihnachten in der Stille des Tals
Autorin:	Weber Brigitte, Bad Hindelang
Anschrift:	Am Auwald 9, 87541 Bad Hindelang
E-Mail:	gittiwebervh@gmail.com
Erscheinungsjahr:	1. Auflage, November 2025
Satz/Gestaltung/Layout:	Wort und Bühne, mit freundschaftlicher Beratung von Ernst Carli
Illustration:	Jasmin Zint, Martha Reitmeier, Domenico Stago
Druck:	Holzer Druck + Medien
Verlag:	Reise- Idee Verlag und Medien

Reise
Idee
Verlag und Medien

Eingetragen im Verzeichnis lieferbarer Bücher (VLB). Gedruckt in Deutschland/Bayern.